Jörg Juretzka
Der Sommer der
Fliegenden Zucchinis

Für Cora und Verena

Jörg Juretzka

Der Sommer der Fliegenden Zucchinis

Mit Bildern von Papan

Gerstenberg Verlag

PASCAL!
PAASCAAL!
PASCAL
SCHNEIDER!

Kapitel 1

Ungeknutscht! Ein Schicksal, grausamer als der Tod.

Die City ächzte unter der Sonnenglut, leere Fensterhöhlen gähnten, Türen schlugen im Wind, und er wanderte einsam durch die Straßenzüge, der einzige verbliebene Mensch in der ganzen verdammten Stadt. Ein Elfjähriger mit der Bürde eines Herkules auf seinen schmalen Schultern, völlig allein und ohne Hoffnung. Ohne jede Hoffnung auf ein Paar sanfte Lippen, die ihn erlösen könnten aus seinem albtraumhaften Dasein des letzten Ungeknutschten auf dem gesamten großen blauen ...

Doch da! Eine Stimme! Eine liebliche Stimme rief ... seinen Namen!

»Pascal! Pascal Schneider!« Oha. Das war sein Name, der da gerufen wurde, ganz recht. Aber an der Stimme war nun beileibe nichts Liebliches. Pascal richtete sich ruckartig auf. Da war, so gesehen, überhaupt nichts Liebliches an Frau Biesenkamp, einer äußerst stämmigen Lehrerin für Latein und Geschichte, die, wie sein Freund Kalle behauptete, am liebsten Einpeitscherin der Rudersklaven auf einer römischen Galeere geworden wäre.

»Schläfst du etwa? Mitten im Unterricht?!«

Nun, da man nicht starr vor Langeweile im Klassenzimmer hocken und gleichzeitig durch die Straßen irren und sein ungeknutschtes Schicksal beklagen kann, musste die Antwort wohl

»Ja« lauten. Dennoch schien es wenig ratsam, das einzugestehen. Deshalb starrte er einen Moment lang einfach nur in die funkelnden Brillengläser der Lehrerin und hätte wer weiß was für einen klaren Kopf gegeben.

»Sag ihr, du hättest gestern noch bis mitten in der Nacht unregelmäßige Verben konjugiert«, flüsterte ihm Leo von rechts zu.

Tatsache war, er, Leo und Kalle hatten bis mitten in der Nacht seine neue X-Box bearbeitet. Und waren dann noch raus und hatten Frau Gallig und Herrn Steinbrecher, zwei total nervigen Nachbarn und notorischen Kinderhassern, die Briefkästen mit schnell härtendem Bauschaum ausgefüllt. Die Erinnerung daran, wie viel Spaß das gemacht hatte, und der Gedanke, was wohl los wäre, sollte das jemals rauskommen, verwirrten ihn dermaßen, dass er um ein Haar den Rat des links von ihm sitzenden Kalle angenommen hätte, der flüsterte: »Sag ihr, du hättest von ihr in Unterwäsche geträumt.«

Das war eine solch groteske Vorstellung, dass Pascal nicht anders konnte, als laut herauszuplatzen. Und das wiederum kam überhaupt nicht gut an, bei Frau Biesenkamp.

»Na, Heselmann, sortierst du schon Bücher für dein Englischseminar?« Leo konnte es sich nie verkneifen, den Musterschüler ein wenig zu nerven. Die letzte Schulstunde des letzten Schultages war um, und alles strömte zum Ausgang, während Thomas Heselmann noch methodisch seine Tasche packte. Leo, Kalle und Pascal umstanden ihn. »Sechs Wochen Sprache büffeln, was für ein Traum. Wie ich dich beneide!«

Thomas Heselmann sah aus, als bräche er gleich in Tränen aus.

»Ich fahre nicht!«, stieß er hervor. »Am Seminargebäude in Birmingham ist vorgestern das Dach eingestürzt!«

»Na, das sind ja furchtbare Nachrichten«, fand Kalle mit großem Ernst. »Und was machst du jetzt, in den Ferien? Wieder alte Omas überfallen und betrunken randalieren, so wie sonst auch?«

»Was?! Ich habe noch nie –«, begann Thomas entrüstet, konnte sich aber so gerade noch bremsen. Selbst er bemerkte es hin und wieder mal, wenn er verarscht wurde. »Tatsache ist, ich habe keine Ahnung«, meinte er ratlos. »Ich werde wohl die ganzen sechs Wochen hierbleiben. Fahrt ihr denn weg?«

Alle drei nickten hastig, auch Pascal.

»Ihr alle?«

Und wieder nickten sie, vor allem Pascal.

»Wohin denn?«, wollte Thomas wissen.

»Schottland«, sagte Leo resigniert. »Mal richtig Sonne tanken«, schickte er sarkastisch hinterher. Seine Eltern liebten die Gegend. Trotz des meist fürchterlichen Wetters.

»Und du, Kalle?«

»Ferienlager. Aber unsere Eltern weigern sich zu sagen, wo«, behauptete Kalle. »Sicher scheint nur zu sein, dass es weit, weit weg ist und mit Stacheldraht umgeben.«

Dazu muss man wissen, dass Kalle vier jüngere Geschwister hat, allesamt äußerst lebhaft. Seine Eltern wären wahrscheinlich längst im Irrenhaus gelandet, hätten sie nicht diese Ruhepausen in den Ferien.

»Und wohin fährst du?«, wandte sich Thomas an Pascal.

Hoppla. Vorsicht jetzt. Pascals Mutter hatte keinen Urlaub bekommen, und mit irgendeiner Gruppe zu verreisen hatte er keine Lust gehabt. Das hieß, er blieb zu Hause. Die ganzen Ferien, wie es aussah. Doch das jetzt zu sagen, das ging nicht. Thomas Heselmann war einer von den Typen, die immer schnieke sind, immer ordentlich und nie auffallen. Groß dabei für sein Alter, gut in allem, und bei den Mädchen beliebt. Und das, obwohl er den Humor von einem Sack Kartoffeln besaß und der schlimmste Streber der ganzen Schule war. Und Pascal würde eher die gesamten Sommerferien allein im dunklen Keller hocken, als auch nur eine Minute seiner Freizeit mit Thomas Heselmann zu verbringen.

»Äh, Patagonien«, nannte er deshalb das erste weit weg klingende Urlaubsziel, das ihm durch den Kopf schoss.

Thomas wirkte beeindruckt. »Wow, Feuerland. Du weißt, dass sie da jetzt Winter haben?«

Pascal hatte keine Ahnung, nickte aber wissend. »Wäre sonst ja auch zu heiß«, meinte er.

»Zu heiß? Zu heiß? In Patagonien? Da beträgt die Jahresdurchschnittstemperatur doch gerade mal –«

»Tschö, Heselmann. Wir müssen los.«

»Na denn, man sieht sich.«

Leo und Kalle gingen schon mal vor, doch für Pascal war das Schuljahr noch nicht ganz vorbei. Er hatte noch einen Termin. Vor dem Lehrerzimmer.

Niemand hört zu, bei Tiraden, deshalb war es schwer zu beurteilen, ob Frau Biesenkamp gute oder schlechte Tiraden hielt. Doch eines war unbestreitbar: Sie waren lang, ihre Tiraden. Ellenlang.

Die Ohren auf Durchzug gestellt, spürte Pascal den fehlenden Schlaf der letzten Nacht in allen Knochen. Mit möglichst reuiger Miene ließ er die Strafpredigt über sich ergehen. Und während er nicht zuhörte, dachte er an den seltsamen Traum, den er während des Lateinunterrichts gehabt und der ihm letztendlich diese Tirade eingebrockt hatte.

Natürlich war das Unsinn, dass er der Letzte auf der ganzen Welt war, der noch nie geknutscht hatte – wer hat denn schon, mit gerade mal elf Jahren? Doch ausgerechnet seine beiden besten Freunde Leo und Kalle, die hatten. Wie sie nicht müde wurden zu erwähnen. Und er hatte noch nicht. Und das wurmte. Bis in seine Träume hinein.

Seine Lehrerin erging sich nun über das Wesen der Disziplin. Wie wichtig sie sei, die Disziplin. Im Leben wie im schulischen Alltag. Und wohin das führen würde, wenn es keine gäbe.

Pascal nickte zu allem oder schüttelte den Kopf, je nachdem, was ihm gerade angeraten schien.

Leo und Kalle waren dermaßen stolz auf ihren Status als Geknutschte, dass sie die »Liga der Wissenden« gegründet hatten. Kann man sich, bei aller Bemühung der Fantasie, etwas Alberneres, etwas Peinlicheres vorstellen? Die »Liga der Wissenden«, Mannomann. Lächerlich, komplett lächerlich. Und trotzdem: Nicht dazuzugehören, das … das wurmte. Das wurmte noch mehr.

Chaos! Chaos würde herrschen, ohne Disziplin, und Pascal nickte und bemühte sich, nicht dauernd auf die Schuluhr zu blicken. Er ließ seinen Blick schweifen und ... hatte eine Erscheinung.

Eine Elbin, eine Elfe, eine Fee, ein Wesen in zartesten Tönen. Das Haar in Vanilleblond, die Haut in hellem Karamell, die Augen pistaziengrün ... also eine Erscheinung, ein bisschen wie ein ... tja, wie ein Eisbecher, war der erste Vergleich, der ihm einfiel.

Kühl dabei, geradezu frostig ihr Blick, wie sie den Gang hinunterkam, an der Seite der Schuldirektorin und einer hochgewachsenen und streng dreinblickenden Frau, der man auf hundert Meter die bissige Mutter ansah.

Ungefähr sein Alter, ungefähr seine Größe, registrierte Pascal rasch, und dazu ein Paar Lippen ...

Ein Paar Lippen ...

Wenn es jemals zu einer Zeit, an einem Ort, auf welchem Planeten auch immer im gesamten Universum ein Paar Lippen gegeben hat, die es wert waren, geküsst zu werden, dann diese. Weich, prall, rosig, leider im Moment etwas schmollig. Es müsste wundervoll sein, sie zum Lächeln zu bringen.

Das aber konnte, wie es aussah, noch ein bisschen dauern. Um ihn anzulächeln, müsste sie ihn erst mal bemerken.

Doch das Mädchen beachtete ihn leider überhaupt nicht. Ja, sie streifte ihn noch nicht mal mit einem Blick. Und hielt ihre Lippen zu einem trotzigen und genervten Flunsch verzogen. Sie langweilte sich, das war unverkennbar.

Kurz entschlossen ließ Pascal seine Lehrerin einfach mitten im

Satz stehen, ging rüber zu der bezaubernden Erscheinung, nahm ihre Hand und raunte: »Hey, Baby, mit mir wirst du dich niemals langweilen.« Und fügte, als sie ihn staunend und bewundernd anblickte, hinzu: »Übrigens machst du mir irgendwie einen noch ungeknutschten Eindruck. Aber das lässt sich ja schnell ändern.«

Er legte ihr den Arm um die Schultern, hob ihr Kinn mit einem Finger und –

»Respekt!« Pascal fuhr zusammen. »Respekt erwarte ich von meinen Schülern«, bellte ihn Frau Biesenkamp an, und er nickte.

Natürlich hatte er sie *nicht* mitten im Satz einfach stehen lassen und auch keine bewundernden Blicke der blonden Erscheinung eingeheimst. Um ehrlich zu sein, gar keine Blicke. Und das, obwohl sie, ihre Mutter und die Direktorin so nahe vorbeigingen, dass er hören konnte, was geredet wurde.

»Und sie war eigentlich immer Jahrgangsbeste, also bringen Sie sie doch bitte in einer Klasse unter, in der unsere Maila die entsprechende Förderung erhält«, forderte die Mutter, und die Direktorin versprach es.

Maila! Die Erscheinung hatte einen Namen! Maila! Was für ein Name! Ein Name, wie geschaffen, um gehaucht zu werden, ein Name, wie gemacht, in ein Herz im Sand geschrieben – ach was – in Stein gemeißelt zu werden. In den härtesten Granit, sodass es richtig Zeit und Mühe kostete.

Maila! Pascal fragte sich gerade, was seine Mutter wohl dazu sagen würde, wenn er sich »Maila« auf den Oberarm tätowieren ließe, als Frau Biesenkamp ihre Tirade mit den Worten »Also, schreib dir das hinter die Ohren!« beendete. Für einen wackligen Moment dachte Pascal, sie meinte, er solle sich »Maila« statt auf den Arm, lieber hinter …

Er war aber auch müde, musste er sich eingestehen.

Seine nun etwas milder gestimmte Lehrerin wünschte ihm noch schöne Ferien, dann war er entlassen und rannte raus, vor die Schule, wo er gerade noch mitbekam, wie die Erscheinung namens Maila in einen silbermetallicfarbenen Fünfer-BMW stieg und davongefahren wurde.

Und die sechs Wochen Sommerferien, die sechs Wochen bis zu einem möglichen Wiedersehen, erstreckten sich vor Pascal wie ein Fußmarsch nach Patagonien. Mit einem toten Pferd im Schlepptau. Übernächtigt, das war er.

»Du könntest dich schon etwas mehr anstrengen«, fand seine Mutter in stirnrunzelnder Betrachtung seines Zeugnisses.

Pascal verdrehte heimlich die Augen.

»Du warst doch früher immer so gut in der Schule.«

Früher, ja. In der Grundschule hatte man ihn eine Klasse überspringen lassen, weil man ihn für hochbegabt hielt. Seither kam so langsam, Zeugnis für Zeugnis, ans Licht, was das für ein Irrtum gewesen war.

Doch er hatte die Versetzung geschafft, also bitte schön. Etwas knapp, zugegeben, aber immerhin. Und das war doch wohl letztlich das Entscheidende.

»Schon wieder eine Fünf in Latein!«

Und was war mit der Eins in Sport? Fand keine Erwähnung. Das Leben kann so ungerecht sein.

»Also, mein Sohn, dass wir uns recht verstehen: So geht das nicht weiter mit diesen Lateinnoten.«

»Okay. Nächstes Schuljahr werde ich mir da etwas mehr Mühe geben. Versprochen. Kann ich jetzt los? Leo und Kalle warten am Park auf mich.«

»Nächstes Schuljahr? Wohl kaum, mein Knabe. Damit fangen wir sofort an. Ich möchte, dass du die gesamten Ferien über Latein übst.«

»Die gesamten Ferien über?«

»Jawohl. Jeden Tag zwei Stunden. Und abends frage ich dich dann ab.«

Pascal spürte förmlich, wie er erbleichte.

Nicht in Urlaub fahren und dann noch Latein üben müssen! Das war eine solche Strafe, dass er dafür eigentlich noch ein Verbrechen begehen müsste, um sie verdient zu haben.

»Ach, und Frau Gallig von gegenüber hat mich angesprochen. Sie hat den Verdacht, du hättest ihr und Herrn Steinbrecher letzte Nacht die Briefkästen mit irgendeinem Schaumzeugs ruiniert.«

Pascal spürte die Farbe in seine Züge zurückkehren. Doppelt und dreifach.

»Bitte sag mir, dass du damit nichts zu tun hast.«

Na, das war mal eine Bitte, die er seiner Mutter nur schlecht abschlagen konnte.

Es ist einfach nicht zu glauben, wie viele silbermetallicfarbene Fünfer-BMWs es auf der Welt gibt. Pascal hockte im Bus und entdeckte bestimmt schon den zwanzigsten innerhalb von gerade mal fünf Minuten Fahrt. Unglaublich. Und keine Maila in keinem davon.

Er war unterwegs zur »Öffentlichen Skateboard- und BMX-Rad-Sportanlage«, wie die Stadtverwaltung getauft hatte, was die Kids schlicht den »Park« nannten.

Für einen letzten Nachmittag mit seinen Freunden, bevor die sich in alle Himmelsrichtungen verstreuten und er alleine zurückblieb.

»Hey, Paco!« Claire kam auf ihn zugeschossen, sprang im letzten Augenblick ab, fing ihr Board lässig mit dem Fuß, sah auf und strahlte ihn an. Claire Branitzky. Auch genannt »die kleine Nervensäge«.

Claire war ein paar Monate jünger als Pascal und um einiges kleiner, dabei allerdings drahtig und die beste Skaterin der Stadt. Mit Abstand.

»Ich hatte gehofft, dich hier noch zu sehen«, meinte sie, Rucksack in der einen, Skateboard schon in der anderen Hand. »Ich muss nämlich los.«

Sie nannte ihn »Paco«, und sie stand auf ihn. Und weil Claire Claire war und nie ein Blatt vor den Mund nahm, wusste das jeder.

Leo und Kalle hatten beide schon mal angedeutet, dass es für Pascal doch ein Leichtes wäre, in die »Liga« aufgenommen zu werden. Claire würde sich bestimmt nicht zweimal bitten lassen.

»Ich wollte nur noch Tschüss sagen, Paco. Wir fahren gleich.«

Doch erst mal war Claire, tja, mehr wie ein Junge, und zweitens war sie eigentlich total nett. Es wäre irgendwie gemein gewesen, nur mit ihr zu knutschen, ohne, na ja, ohne etwas von ihr zu wollen. Doch Pascal wollte eben nichts von ihr, und seit er eine Erscheinung namens Maila gehabt hatte, erst recht nicht.

»Wohin denn?«, fragte er, mehr aus Höflichkeit. Leo und Kalle hockten oben auf der Kante der Halfpipe und winkten ihm, endlich rüberzukommen.

»Nach Holland«, meinte Claire säuerlich. »Meine Alten haben da ein Ferienhaus.« Sie wirkte nicht begeistert. »Und was machst du?«

»Ich werde hierbleiben und fleißig Latein üben«, antwortete er ernsthaft.

Claire lachte ungläubig. Dann kam ihr eine Idee. »Hey«, meinte sie und boxte ihn auf den Arm. »Komm mich doch in Holland besuchen! Soll ich dir die Adresse aufschreiben?« Und sie kramte schon nach Stift und Papier.

»Nein, nein«, wiegelte Pascal ab. Er musste sich hier im Park schon genug dummes Zeug über sich und Claire anhören. Auch ohne das Gerücht, sie würden zusammen in Urlaub fahren. »Das wird nicht klappen. Ich hab zu viele ... andere Sachen vor.«

»Na denn. Meine Handynummer hast du ja. Falls du es dir anders überlegst ...«

Da hupte es, und Claire rannte davon zu dem wartenden, voll bepackten Renault Espace ihrer Eltern. Am Auto angekommen, drehte sie sich noch mal um und winkte, und Pascal winkte zurück, wenn auch deutlich verhaltener. Wie man das so macht, wenn man unter Beobachtung seiner beiden besten Freunde steht, die obendrein beide fast ein Jahr älter waren als er. Da will man cool wirken.

Claire fuhr davon, und er schlenderte rüber zur Halfpipe.

»Vier Wochen!« Leo wirkte am Boden zerstört. »Ich kann nicht glauben, dass der Horror schon morgen früh beginnt. Vier Wochen mit meinen Eltern und meiner Schwester in einem Wohnmobil! Sollte ich darüber den Verstand verlieren, sollte ich nach meiner Rückkehr nur noch sabbern und niemanden mehr erkennen, möchte ich, dass du mich hierherbringst. An diesen Ort, wo ich einstmals so glücklich war. Versprich mir das.«

Pascal versprach es feierlich.

»Und, wann bist du zurück?«, fragte er Kalle.

»In sechs Jahren, ungefähr«, war die düstere Antwort.

»In sechs *Jahren*?«

»Nach Erreichen der Volljährigkeit. Wenn ich überhaupt wiederkomme«, fügte Kalle noch düsterer hinzu. »Meine Eltern wirken so ekstatisch bei dem Gedanken, uns los zu sein, dass ich fürchte, die haben uns ins Erziehungsheim gesteckt und nennen es nur verharmlosend ›Ferienlager‹.«

»Na komm«, tröstete ihn Pascal, »bis jetzt haben sie euch noch immer wieder zurückgenommen. Und glaubt mir, hier für Wochen allein abzuhängen, wird auch nicht soo lustig.«

»Auch wieder wahr«, gaben Leo und Kalle zu, und dann trainierten sie noch ein wenig, bis sie sich alle drei eingestehen mussten, nach letzter Nacht doch irgendwie geschafft zu sein.

»Also, mach uns keine Schande«, meinte Kalle wichtig zum Abschied. »Spätestens nach den Ferien wollen wir dich in die ›Liga der Wissenden‹ aufnehmen können.«

»Wenn möglich mit ›Stempel‹«, meinte Leo und verwies an die Stelle an seinem Hals, an der er über eine Woche lang voller Stolz einen mittelprächtigen Knutschfleck zur Schau getragen hatte. »Kriegst du das hin?«

Wie sie ihm damit auf die Nerven gingen!

Doch anstatt ihnen das zu sagen und sich womöglich anhören zu müssen, er sei ja bloß neidisch, nickte er nur und deutete an, er habe da schon »jemanden ins Auge gefasst«. Und das, dachte er mit leichtem Herzwummern, war noch nicht mal übertrieben.

Kapitel 2

Seine Mutter hatte am nächsten Morgen noch nicht ganz das Haus verlassen, da hing Pascal schon am Telefon.

»Äh, guten Morgen. Steinbrecher hier.« Er gab seiner Stimme die denkbar dunkelste Färbung. Der Hühnerhaufen des Schulsekretariats brauchte nicht zu wissen, dass er es war, der etwas über Maila herauszubekommen versuchte. »Ich habe da vor Ihrer Schule eine kleine Kette gefunden. Mit ›Maila‹ beschriftet. Emm-A-I-Ell-A. Und da hab ich mir gedacht, wenn Sie mir den Nachnamen der Schülerin sagen, oder die Telefonnummer, dann –«

»Pascal? Pascal Schneider, bist du das?« Pascal war so baff, dass er erst mal mit »Nein, wieso?« antwortete.

»Aber das ist doch deine Rufnummer, die ich hier auf dem Display habe.« Viel hätte nicht gefehlt, und Pascal hätte ein Stück aus dem Hörer gebissen. Warum nur war er nicht zum nächsten öffentlichen Telefon gegangen? »Gut, dass du anrufst. Du hast nämlich noch einige Lehrmittel ausgeliehen. Wenn du heftige Strafgebühren vermeiden willst, bringst du die am besten heute noch zurück. Wir gehen nämlich ab morgen auch in Urlaub.«

»Hm, hm«, machte Pascal, der nicht wusste, ob er jetzt mit der tiefen oder seiner normalen Stimme weitersprechen sollte, und hängte ein.

Mit schwärzester Laune suchte er die ausgeliehenen Bücher und CD-ROMs zusammen. Die verdammten Strafgebühren wurden nach Tagen berechnet, Ferientage eingeschlossen. Er brauchte keinen Taschenrechner, um zu erkennen, dass er sich besser mit dem Zurückbringen beeilte.

Im Sekretariat versuchte er sich dann so schroff und so eilig wie eben möglich zu geben. Gleichwohl wurde ihm viel freundliche Beachtung geschenkt. Kam es ihm nur so vor, oder beäugten ihn die Damen hinter der langen Theke deutlich aufmerksamer als sonst?

Die dicke Frau Lorenz, mit der er telefoniert hatte, nahm sich obendrein unnötig viel Zeit. Jede ausgeliehene CD, jedes Buch wurde einzeln in Empfang genommen und am Computer sorgfältig als zurückgegeben markiert. Fehlte eigentlich nur noch, dass sie die Seiten nachgezählt hätte. Dann, endlich fertig, bedankte sich Frau Lorenz noch freundlich und wünschte ihm schöne Ferien.

Erleichtert verabschiedete er sich. Türgriff schon in der Hand, erreichte ihn noch eine letzte Frage.

»Ach, übrigens, Pascal. Willst du nicht das Kettchen hier bei uns zur Aufbewahrung dalassen? Du weißt schon, das für Maila. Emm-A-I-Ell-A?«

Pascal spürte seine Ohren warm werden und machte, dass er da rauskam, verfolgt von viel fröhlichem Gegacker.

Weiber! Es gab Augenblicke, da war er fertig mit dem gesamten Geschlecht. Wütend stapfte er zur Bushaltestelle und sehnte sich männliche Gesellschaft herbei.

Die sollte er nur zu bald bekommen, doch zuerst erblickte er ... Teufel auch! Da stand sie, urplötzlich, einfach so. Mit dem Rücken zu ihm, doch unverkennbar, unverwechselbar. Der blonde Pferdeschwanz, die ranke Gestalt, die blendend weißen Turnschuhe. Sie war es. Maila.

Sein Herz machte einen Backflip, seine Knie übten den Boogie-Woogie, seine Handflächen wurden schlagartig so feucht wie seine Mundhöhle trocken.

Jetzt oder nie! Er musste sie ansprechen. Bevor sie in den Bus stieg. Natürlich könnte er mit ihr einsteigen, doch im Bus, da wurde von allen Seiten beobachtet, was immer man tat oder sagte. Er musste sie jetzt ansprechen, hier, er musste einfach.

Nicht ganz leicht mit einer Zunge, die einem am Gaumen klebt wie ein Saugnapf an der Fensterscheibe. Und wenn, was genau wollte er eigentlich sagen? Wie sprach man eine Erscheinung an? Noch dazu eine, die die ganze Zeit über telefonierte?

Was hatte er sich da in der Schule noch ausgedacht? »Hey, Baby, mit mir wirst du dich niemals langweilen.«? Klang jetzt, wo er es tatsächlich anbringen könnte, etwas vollmundig, etwas großmäulig. Und was, wenn sie daraufhin »Hä?« machte und ihn ansah, als hätte er den Verstand verloren? Was, wenn sie zurückfragte: »Wer langweilt sich hier denn? Ich bestimmt nicht.«?

Möglichkeiten des Ansprechens und Möglichkeiten des Scheiterns begannen in seinem Kopf zu kreisen, bis seine Gedanken in etwa so koordiniert waren wie ein gut durchgerührter Teller Buchstabensuppe.

Trotzdem trat er möglichst unauffällig näher an sie heran. Und bekam einen Fetzen ihres Telefongesprächs mit.

»Kirmes?«, fragte sie. »Ach ich weiß nicht ...«

Oh, Mann! Das war sein Stichwort: Hey, 'tschuldigung, dass ich dich einfach so anspreche, aber hast du gerade »Kirmes« gesagt? Zufall, denn da wollte ich auch hin. Feuerwerk ... Riesenrad ... du und ich ...

Pascal räusperte sich. Jetzt oder ...

»Gehen da nicht nur so Vorstadt-Loser hin?«, fragte Maila in ihr Handy.

Pascal legte eine gewaltige geistige Vollbremsung hin.

»Na gut. Vielleicht morgen Abend ...«

Jetzt aber, das wäre doch die Gelegenheit: Hey, hab ich richtig gehört, du gehst morgen Abend auf die Kirmes? So ein Zufall! Ich nämlich auch. Wir könnten zusammen Riesenrad fahren. Und ganz oben, wo einen keiner mehr sieht, da könnten wir ...

Hoppla. Immer langsam, mahnte sich Pascal. Nicht gleich mit einem Wortschwall beginnen.

Da rief jemand: »Ey, Pascal!«

Ein grauer VW-Transporter mit Ladefläche hatte unbemerkt direkt vor ihm am Bordstein gehalten. Ein blonder, tätowierter Hüne hing aus dem Beifahrerfenster, schlug mit der flachen Hand auf das Blech der Tür und starrte ihn an. Aus einer Sonnenbrille mit kleinen runden und ... roten Gläsern. Nuts. Nuts von den »Flying Zucchini Brothers«. Am Steuer saß der finstere, bärtige, schweigsame Riese, den sie, warum auch immer, »Schwatzbacke« nannten. Zwischen den beiden hockte der etwas schmalere, rothaarige Mars. Und sosehr sich Pascal normalerweise freute, die Motorrad-Gang zu treffen, so war das gerade jetzt kein so günstiger Augenblick.

»Na, Kurzer?«

Und um mit »Kurzer« angesprochen zu werden, war es erst recht kein guter Augenblick.

Hinten auf der Ladefläche stand eine riesige schwarz-weiß gefleckte Dogge, knurrte misstrauisch und musterte die Wartenden an der Haltestelle aus blutunterlaufenen Augen. Ganz so, als dächte sie darüber nach, wem sie als Erstes an die Kehle gehen sollte. Wer immer den Hund erblickte, machte unwillkürlich einen Schritt zurück. Außer Pascal natürlich, der mit Digger total gut befreundet war.

Und Maila, sollte vielleicht noch erwähnt werden, die sich versonnen in einem Schaufenster beim Telefonieren zusah und nichts weiter wahrzunehmen schien.

»Wir haben dich gesucht, Kurzer«, meinte Nuts finster.

Rasch trat Pascal an den Wagen.

»Ich bin nicht kurz«, zischte er. »Ich bin mittelgroß, für mein Alter!«

Er nickte den beiden anderen Zucchinis kurz zu. Alle drei sahen ungewöhnlich ernst drein. Doch noch ehe Pascal fragen konnte, was los sei, schmierte ihm etwas Armlanges, Raues, Warmes, ungemein Feuchtes einmal seitlich das Gesicht hoch. Digger. Oder besser, seine Zunge. Diggers ureigene Art, Freunde zu begrüßen. Wieder so etwas, das im Moment nicht so unheimlich gelegen kam. Pascal strich sich das hochgeleckte Haar wieder glatt, und der Hund schlabberte ihm begeistert quer durchs Gesicht.

»Steig auf«, forderte Nuts. »Wir haben mit dir zu reden.«

Pascal verstand den ernsten Tonfall nicht ganz.

»Äh, hat das nicht Zeit?«, fragte er vorsichtig. »Ich hab gerade –«

Hinter ihnen hupte ein Bus, was Schwatzbacke zwang, ein paar Meter vorzufahren, und Pascal, nebenherzulaufen.

»Was ist denn los?«, fragte er eilig.

Der Transporter stoppte wieder, und alle drei Biker sahen ihn an. Pascal blickte sich verstohlen nach Maila um. Es könnte eigentlich gar nichts schaden, wenn sie mitbekäme, was für Kumpels er hatte. Zweibeinig und vierbeinig.

Doch nein. Maila war intensiv damit beschäftigt, eine SMS zu tippen. Wem sie wohl schrieb?

»Sag mal, warst du das, der dem Brüllaffen den Briefkasten ausgeschäumt hat?«, wollte Nuts wissen und riss Pascal damit aus seinen Gedanken.

Er wusste nicht recht, was er sagen sollte. »Brüllaffe« hatten die Kids der Nachbarschaft Dr. jur. Steinbrecher getauft, weil der, nun ja, meistens herumbrüllte. Naheliegend.

»Und, äh, wenn?«, fragte er vorsichtig zurück.

»Weil der *uns* verdächtigt.«

Die drei Zucchini-Brothers wohnten unten am Wendekreis des Fridtjof-Nansen-Weges, und zwar Zaun an Zaun mit dem stimmgewaltigen Dr. Steinbrecher. Nur etwas weiter die Straße hoch lag das Haus von Pascal und seiner Mutter. Und im Dunkel der Nacht war das mit dem Bauschaum so eine lustige Idee gewesen. Die jetzigen Verwicklungen hatten, bei Tageslicht betrachtet, nicht mehr ganz so einen erheiternden Effekt.

»Hat mich deswegen aus dem Bett geschellt, der Doktor.«

»Und was, äh, hast du ihm geantwortet?«

»Ich hab ihm gesagt, wenn wir das gewesen wären, hätten wir keinen Bauschaum genommen, sondern Hundekacke.« Plötzlich lachte er und Mars auch, während Schwatzbacke grinste, und die Situation wirkte von einem Augenblick auf den andern nicht mehr ganz so ernst. »Das hat unser nachbarschaftliches Verhältnis nicht unbedingt verbessert, wie du dir denken kannst.«

»Okay«, meinte Pascal, immer noch eilig, »das glaube ich gern. Doch können wir später darüber reden? Ich müsste nämlich dringend diesen Bus –«

»Ach Unsinn. Du fährst mit uns. Wir wollen erst den alten Filz aufschlitzen, und wenn wir damit fertig sind, noch ein paar Blonde wegschlabbern.«

Den alten Filz? Aufschlitzen? Für einen Moment glaubte Pascal, die Biker hätten tatsächlich vor, jemandem mit dem Messer zuleibe zu rücken und anschließend irgendetwas ... tja, Gewagtes mit ein paar Blondinen anzustellen. Bis ihm ruckartig aufging, dass Nuts nur von Billardspielen und Biertrinken gesprochen hatte. Unter normalen Umständen hätte Pascal nur zu gern mitgemacht – minus das Bier, wie sich wohl von selbst versteht – aber gerade heute ...

»Tut mir leid«, presste er hervor, sah die letzten Fahrgäste in den Bus steigen, und sah auch, dass die Haltestelle damit komplett leer war, »aber heute geht es wirklich nicht!«

»Schade. Dann ein anderes Mal.« Man nickte sich zu, Schwatzbacke trat das Gas, und der Transporter röhrte davon. Sofort machte Pascal kehrt, rannte auf den Bus zu, winkte dem Fahrer, ihn ja noch mitzunehmen, doch der reagierte nicht, sondern schloss stur die Türen, und der Bus brummte los.

Mit Maila. Pascal sah sie, wie sie den Gang hinunterlief und sich einen Platz suchte.

Dann war sie weg.

Und er stand einsam und allein an der Bushaltestelle herum. Wie ein Idiot.

Und dafür hatte er die Gelegenheit sausen lassen, mit den Zucchinis Billard spielen zu gehen!

Viel hätte nicht gefehlt, und Pascal hätte seine Stirn gegen die nächste Laterne gehauen.

Doch dann kam ihm eine Idee. Eine Superidee für den morgigen Tag.

Kapitel 3

Kirmes! Der Tag des Feuerwerks ist normalerweise auch immer der mit dem heftigsten Andrang. Ein mittelgroßer Elfjähriger allein kann in so einer Menge schon mal untergehen. Doch kaum, wenn er die richtige Crew um sich hat. Und Pascal kannte die richtige Crew: Zottelmähnen, Piercings, Leder und Tattoos. Dicke Muskeln, laute Stimmen, noch lautere Motorräder, ein Auftreten wie eine Horde wilder Büffel.

Jetzt musste er die wilden Büffel nur noch zum Mitkommen bewegen.

Natürlich hießen sie nicht wirklich »Zucchini« mit Nachnamen, und Brüder waren sie auch nicht. Sie hatten den Namen für ihren Club von einer Sensationsdarsteller-Truppe aus der Muppet-Show entliehen. Was nebenbei ahnen ließ, wie ernst sie ihr Biker-Image nahmen.

»Die liegenden Pennbrüder« wäre als Name auch passend gewesen, dachte Pascal. Denn wie er so über ihren Zaun spähte, lag das kleine Anwesen in friedlichster Stille und Sonnenschein da, und es rührte sich nichts. Gar nichts. Und das am frühen Nachmittag.

Ohne Umschweife öffnete er das Tor zur Einfahrt und ging hindurch, etwas, das sich in der ganzen Straße außer ihm keiner trauen würde. Und das noch nicht einmal so sehr wegen der

»Rockerbande« oder »Chaotenhorde«, wie die Nachbarschaft die Gebrüder Zucchini gerne bezeichnete. Sondern wegen Digger.

Deshalb schloss Pascal das Tor auch sofort wieder hinter sich, eine der wenigen Regeln, die es in diesem seltsamen Haushalt zu beachten galt.

Bis vor etwa einem Jahr hatte noch Oma Knudsen hier gewohnt, eine strenge alte Offizierswitwe mit dem Mundwerk einer Heckenschere. Und wäre sie gestorben, anstatt noch mal zu heiraten und in die Schweiz zu ziehen, sie würde sich im Grabe wälzen, wüsste sie, wie ihr ehedem ach so gepflegtes kleines Anwesen heute aussah.

Ihre weinberankte und überdachte Veranda etwa, wo sie im Sommer Teepartys gegeben und ihre allseits gefürchteten Vollkorn-Früchtekuchen serviert hatte, diente schon eine ganze Weile als Motorradschuppen. Ihre früher stets blitzsaubere Küche, wo sie im Winter Kaffeekränzchen abzuhalten und ihre berüchtigten Betonkekse an skeptische Gebissträger zu verteilen pflegte, war inzwischen in eine echte Biker-Kantine verwandelt worden. Kurz – wo sie früher nicht die kleinste Unordnung geduldet hätte, regierte mittlerweile das Chaos mit ähnlich fester Hand. Fast überall lag oder stand irgendwelcher Schrott herum, vom ausrangierten, aufgeplatzten Sessel bis zum halb zerlegten, rostigen Motorrad.

Langsam tastete Pascal sich vor.

Digger und er waren die besten Freunde, doch das änderte nichts an dem Umstand, dass der Hund, wenn man ihn aus dem Schlaf schreckte, immer erst mal zubiss und dann wach wurde.

Sanftes Wecken war also vonnöten.

Genauso wie sanftes Wecken der Zucchinis. Zumindest, wenn er sie zu irgendetwas überreden wollte. Unsanft geweckt, konnten die Brüder ganz schön unausstehlich werden.

Der ganze Garten war Diggers Reich, er konnte also überall liegen. Vorsichtig Ausschau haltend umrundete Pascal das Biotop.

Über der Entstehung dieses Teichs hatte er die Zucchinis und ihren Hund damals kennengelernt.

Bis dahin hatte er die ganze Bande nur vom Sehen gekannt. Und natürlich von den Gerüchten, die schon wochenlang in der Nachbarschaft kursierten.

Dann fingen diese Kerle auch noch an, im Vorgarten ein riesiges Loch auszuheben, und keiner wusste, warum und wozu.

Bis auf Frau Gallig. Für die handelte es sich bei der Grube eindeutig um ein angehendes Massengrab, in dem die gesamte, hinterrücks gemeuchelte und ihrer Sparbücher beraubte Anwohnerschaft des Fridtjof-Nansen-Weges verscharrt werden sollte.

Pascal hatte sich damals überlegt, ob er nicht einfach seine Hilfe beim Buddeln anbieten sollte. Das Loch noch ein bisschen erweitern, um zusätzlichen Platz für eine stämmige Lateinlehrerin zu schaffen, haha.

Gleichzeitig machten diese Burschen nicht den Eindruck, als ob sie die Hilfe von jemandem suchten, der in ihren Augen gerade mal eine halbe Portion sein musste.

Trotzdem war er auch an diesem Nachmittag wieder runter zum Wendekreis gegangen, über den Zaun spähen. Selbst wenn es inzwischen nicht mehr viel zu sehen gab, außer dem riesigen Lehmberg, der sich mittlerweile im Vorgarten auftürmte.

Dafür gab es das eine oder andere zu hören. Aus dem Loch hinter dem Berg. Hauptsächlich gackerndes Gelächter und gedämpftes Gebelle.

Jetzt einfach so ohne Genehmigung über den Zaun zu klettern und sein junges Leben zwischen den mörderischen Kiefern einer als Bestie verschrienen Dogge auszuhauchen, erschien ihm nicht unbedingt das Intelligenteste.

Pascal wartete also. Auf einen Einfall. Oder einen Zufall. Auf irgendetwas, das ihm über den Zaun half, sozusagen.

Und es passierte.

Zuerst erschallte nur ein längeres, feucht prustendes Geräusch aus der Grube. Ein Moment irgendwie geschockt wirkender Stille folgte, plötzlich zerrissen von einem wahren Schreckensruf:

»Oh nein! Der Hund hat gefurzt!«

Nach einem kurzen Tumult erschien Mars als Erster am Grubenrand, an den Vorderpfoten einen bis hinter die Ohren lehmgelben Digger hinter sich herziehend. Der war damit überhaupt nicht einverstanden und schnappte unter wildem Bellen mal nach vorne und mal nach hinten, wo ihn die beiden anderen aus dem Loch schoben. Kaum hatten sie ihn oben, sprang er auch schon mit einem übermütigen Satz und wehenden Ohren wieder hinein.

Nur Sekunden später ertönte erneut dieses prustende Geräusch, gefolgt von erbarmungswürdigen Rufen des Ekels und der Verzweiflung.

Mars beugte sich wieder vor und streckte seine Arme aus, und im nächsten Augenblick saßen seine beiden Kumpels neben ihm, blass, um Atem ringend und sich mit beiden Händen Luft zufächelnd.

Alle trugen sie alte ausgeleierte und lehmverschmierte Armeehosen und darüber alte ausgeleierte Sweatshirts, der Dicke wie üblich in Schwarz.

»Also mich kriegt ihr da nicht wieder runter«, beschwerte sich Nuts. »Nicht mit ihm zusammen. Viel hätte gerade nicht gefehlt, und ich wäre aus den Latschen gekippt. Was für ein Ende, stellt euch das mal vor: erstickt an den rückwärtigen Ausdünstungen des eigenen, blöden Hundes.«

»Aber was sollen wir mit ihm machen?«, fragte Mars. »Seilen wir ihn irgendwo an, jault er die ganze Nachbarschaft zusammen. Sperren wir ihn ein, reißt er das Haus ab.«

Nachdenklich sah er sich um. Erspähte Pascal. Und winkte dem Jungen, sich zu ihnen zu gesellen.

Der ließ sich nicht lange bitten. Ruck, zuck war er über den Zaun geflankt, hatte mit den dreien Händedrücke und Namen getauscht und stand nun zwischen ihnen am Rand der Grube, aufgeregt, weil er keine Ahnung hatte, was ihn erwartete.

Unten buddelte Digger mit großem Eifer. Ab und an hielt er einen Moment inne, um die Nase tief in seine Grabung zu stecken, und wieder und wieder entrangen sich prustende Geräusche seiner Kehrseite.

»Ich meine, er ist krank«, knurrte Nuts. »Wer so stinkt, muss krank sein.« Mit ernster Miene griff er nach einer Kreuzhacke und prüfte die Spitze mit dem Daumen. »Wir sollten ihn von seinen Leiden erlösen, findet ihr nicht?«

Pascal traute weder seinen Augen noch seinen Ohren.

»Also, ich hatte mir gedacht –« fing Mars an, doch Nuts unterbrach ihn.

»Nur ein einziger, gut geführter Schlag hiermit zwischen die Augen«, erklärte er und wog die Hacke in der Hand, »und er hat buchstäblich seinen letzten Furz gelassen.«

»Also, *ich* hatte mir gedacht«, wiederholte Mars, »wir fragen Pascal, ob er nicht Lust hat, sich mit Digger zu beschäftigen. Hier oben macht das ja nichts, wenn der Köter mal einen streichen lässt. Und wir könnten ungestört weitergraben.«

»Hm.« Nuts schien skeptisch. »Meiner Ansicht nach verschieben wir das Problem damit nur. Ich bin für eine rasche, saubere Lösung.« Und er ließ die Kreuzhacke probeweise durch die Luft zischen und mit Wucht bis zum Schaft in den Boden fahren.

Das dumpfe Knacken, mit dem die Spitze dabei durch die Grasnarbe drang, verursachte bei dem Jüngsten der Anwesenden eine Art leichter Übelkeit.

Das kann nicht sein, sagte er sich, dass dieser Typ das ernst meint. Den eigenen Hund mit der Hacke erschlagen zu wollen, nur wegen ein paar Blähungen. Nein, das kann nicht sein.

»Natürlich hieße das«, fuhr Mars nachdenklich fort, »wir müssten die beiden erst mal miteinander bekannt machen.«

Nuts, der dabei war, die Hacke wieder aus dem Boden zu hebeln, hielt inne. »Du meinst ... offiziell? So richtig offiziell miteinander bekannt machen? Na ...« Er streifte Pascal mit einem abschätzigen Blick, so als sei er sich nicht sicher, ob der Junge eine offizielle Bekanntmachung mit ihrem Hund auch verdiene.

Der so Gemusterte spürte einen leichten Unmut in sich aufsteigen.

»Da stellt sich dann ja wohl erst mal die Frage ...« Der Blick aus Nuts' Augen war blau, sehr blau, und ernst, sehr ernst. Warum nur wurde man den Eindruck nicht los, dass ihn gerade dieser Ernst eine ganze Menge Anstrengung kostete? »... kann und will das Kind überhaupt?«

»Ich bin kein Kind mehr«, widersprach Pascal sofort. Und er versuchte dem Blick dieser funkelnden blauen Augen zu trotzen. Es ... ging ... nicht. Je mehr er sich anstrengte, desto besser schienen sie in seinen Gedanken lesen zu können, fast wie in einem Aufsatz.

»Alles klar. Kein Kind mehr, also.« Nuts nickte verstehend. »Doch die Frage bleibt: Kann und will er, unser so-gut-wie-fast-erwachsener neuer Freund, oder hat er Schiss? Hm? Sag es einfach, und ...« Nuts nahm die Hacke hoch, spuckte auf das spitze Ende und polierte es liebevoll mit einem Ärmel seines Sweatshirts, »... und ›Klops‹, einen hiermit auf die Dachtel, und wir können das stinkende Vieh gleich an Ort und Stelle verscharren.«

Alle drei Flying Zucchini Brothers sahen Pascal jetzt abwartend an.

Moment mal, dachte er. Hatte er richtig verstanden? Das Leben dieser Dogge hing plötzlich von seiner Entscheidung ab? Er schluckte. Sollte das ein Witz sein? War das ein Trick? Eine Art Mutprobe?

»Natürlich ohne dich damit unter Druck setzen zu wollen«, fügte Nuts nach einer Pause beschwichtigend hinzu.

Pascal glaubte ihm nicht. Er glaubte ihm nicht, dass er den Hund wirklich erschlagen wollte, und fühlte sich deshalb auch nicht unter Druck. Es war etwas anderes: Er hatte das Gefühl, wenn er jetzt »Nein« sagte, dann war es das gewesen mit diesen Typen. Dann würden sie jemand anders finden, der sich mit dem Hund beschäftigte, er selbst könnte wieder nach Hause gehen. Und in Zukunft würden sie sich wieder im Vorbeifahren zunicken, so wie vorher auch, und mehr nicht. Gleichzeitig war ihm mulmig. Digger hatte in der Nachbarschaft einen fürchterlichen Ruf. Pascal sah noch mal in das Loch – verdammt, der Hund hatte fast die gleiche Schulterhöhe wie er – und dann nacheinander in die drei ernsten, wartenden Gesichter.

»Nein«, sagte er.

»Was?« Nuts sprang sofort darauf an, Hacke gehoben. »Heißt das: Nein, du kannst und willst nicht –«

»Nein«, sagte Pascal fest und trotzte diesen Augen jetzt doch. »Das heißt: Nein, ich habe keinen Schiss.«

Ein kurzes Schweigen folgte. Die drei Biker blickten beeindruckt. Oder war das eher »sorgenvoll«?

Dann unterzogen sie ihn einer kurzen Unterweisung im Umgang mit Digger.

Es ging in erster Linie darum, dass die Dogge extrem schreckhaft war, nicht besonders gut sah und keinen ausgeprägten Geruchssinn besaß, dafür aber hervorragende Ohren.

»Wann immer du also dem Hund begegnen solltest«, schloss

Mars, »sprich ein Wort mit ihm. Sobald er deine Stimme erkennt, ist alles in Ordnung. Alles kapiert? Gut. So, und jetzt machen wir euch miteinander bekannt.«

»Augenblick«, sagte Nuts. Er verschwand kurz in einem Gebüsch und tauchte mit einem arg zerbissenen Stück Holz wieder auf, dem man mit viel gutem Willen noch den ehemaligen Baseballschläger ansehen konnte. »Das war mal meiner«, meinte er wehmütig. »Vom Sportgerät zur Bastmatte in einer einzigen, unbeobachteten Stunde. Mistvieh.«

Pascal schluckte. Dieser Hund musste ein Gebiss haben wie ein Astschredder.

»Okay, also: Wir machen euch bekannt, offiziell, dann helfen wir dir und dem Hund aus der Grube, du zeigst ihm diesen Stock hier und wirfst. Digger ist verrückt aufs Stöckchenholen. Das heißt, du kannst mit ihm spielen, bis dir der Arm abfällt, die Töle kann nach Herzenslust furzen, und wir können weitergraben. Doch nun erst mal zum offiziellen Teil.«

Pascal konnte sich nicht helfen, aber irgendetwas an diesem Wörtchen »offiziell« und wie Nuts es dauernd wiederholte, roch meilenweit nach Hinterhalt.

Sie traten ans Loch. Ein bekanntes, feuchtes Geräusch begrüßte sie, und eine Ahnung davon, was die Arbeit zum Erliegen gebracht hatte, wehte ihnen um die Nasen.

»In einem fort«, wunderte sich Nuts. »Was, um alles in der Welt, habt ihr dem Tier zu fressen gegeben?«

Schwatzbacke sah zur Seite und murmelte etwas von »Pansen im Sonderangebot«.

»Das alleine kann's doch nicht sein«, meinte Nuts.

»Na ja«, gab Mars zu. »Da war noch der Rosenkohl vorgestern. Von euch hat ihn keiner gewollt ...«

Und dann wurde es ernst.

Die drei Zucchinis nickten einander zu, Schwatzbacke sprang in die Grube, direkt hinter den eifrig wühlenden Digger, der daraufhin wie von der Tarantel gestochen herumfuhr und heftig zubiss.

»Schreckhaft, wie gesagt«, kommentierte Mars.

Pascal war erschüttert. Wenn der Dicke nicht so blitzschnell reagiert hätte, der Hund hätte ihn am Bein erwischt, und zwar gründlich. So aber war Schwatzbacke ihm nicht nur ausgewichen, sondern hatte ihn auch bei der Schnauze gepackt. Digger schnaufte und wand sich, er fand das überhaupt nicht lustig.

»So, und jetzt wir.«

Sie sprangen alle drei hinunter. Schwatzbacke ließ Diggers Schnauze los, hielt ihn aber am Halsband.

Digger blickte misstrauisch. Er schnüffelte misstrauisch. Er spitzte die Ohren. Da war doch jemand Fremdes in der Grube? Ein Grollen von der Blut-in-den-Adern-gefrierenden Sorte schien sich erst in seinem Bauch zu sammeln, bevor es den Brustkorb passierte, um schließlich in solch tiefen Schwingungen zwischen aggressiv gebleckten Zähnen hindurch ins Freie zu strömen, dass man es körperlich spüren konnte.

Pascal erinnerte sich plötzlich einer ganzen Anzahl von Sachen, die er zu Hause zu erledigen vergessen hatte. Dringende Sachen, eilige Sachen. Unaufschiebbare –

Mars rechts von ihm und Nuts auf der anderen Seite packten je einen seiner Arme. Schwatzbacke, der die an ihrem Halsband zerrende Bestie nur mit lässigen zwei Fingern festhielt, gab ihr ein wenig nach. Der Junge spürte ihren Atem in seinem Gesicht.

SCHÜLER (11) VON DOGGE ZERFLEISCHT

erschien in Druckbuchstaben vor seinem geistigen Auge.

»Das ist ein Freund, Digger, ein Freund!«, rief Mars und tätschelte dabei Pascals Kopf.

Das Grollen verebbte.

»Ein Freund, Stinkvieh, ein Freund!«, rief Nuts und klopfte dem Jungen die Schulter.

Die gelben Zahnreihen verschwanden wieder unter den schwarz-weißen Lefzen.

»Na, dann komm auch mal her zu dem Freund und begrüß ihn schön ... offiziell«, lockte Nuts.

Irgendwo am hinteren Ende des Tieres begann eine zaghafte Wedelbewegung. Schwatzbacke ließ Digger los.

Er hingegen, musste Pascal feststellen, wurde weiterhin an beiden Armen in festem Griff gehalten. Als ob er eine Gefahr für den Hund darstellte. Oder damit ...

»Na, sag schön Guten Tag zu dem *Freund*«, gurrte Nuts.

Digger war jetzt ganz nah. Das Maul stand ihm offen, und eine Zunge, groß wie ein Handtuch und tropfend nass, hing vorne heraus. Bedächtig legte er dem neuen Freund erst die eine, dann die andere Pfote auf die Schultern und begann, ihm in aller Gemütsruhe das Gesicht abzuschlappen. Ein Ausweichen war unmöglich, denn die beiden Mistkerle links und rechts hielten ihn natürlich weiterhin fest. Pascal dämmerte, dass dies wohl der »offizielle« Teil der Angelegenheit und sein Misstrauen berechtigt gewesen waren.

Irgendwann, nach einer halben Ewigkeit, hatten sie dann ein Einsehen und gaben seine Arme frei, und Pascal stieß den Hund angewidert weg und wischte sich mit beiden Ärmeln das Gesicht. Er sah an sich hinunter. Dreckig, von Kopf bis Fuß. Vollgesabbert, eingesaut und verarscht. Entehrt und geschändet. Oh, er kochte.

»Ich soll euch einen Gefallen tun«, wütete er, »und diese stinkende und sabbernde Töle beschäftigen? Ich bin doch nicht bekloppt!«

»Was ist denn nun los?« Nuts blickte völlig verwundert drein. »Wer hat denn gerade noch darum gebeten und gebettelt, offiziell mit dem Hund bekannt gemacht zu werden, hm?«

Gebeten und gebettelt, er? Um sich von einem Köter ablutschen zu lassen?

Es knallte, und Rauch kräuselte aus seinen Ohren, als Pascal eine Sicherung durchbrannte und er kurz und heftig die Beherrschung verlor.

Nuts stöhnte auf und bleckte die Zähne. Ein Zittern ging durch seinen Körper. Vorsichtig hob er ein Bein an, brach die Bewegung ab, verdrehte die Augen und krachte der Länge nach um wie ein gefällter Baum. Mittenrein in den lehmigen Matsch.

Alle in der Grube starrten entgeistert auf ihn hinunter.

»Aber ich hab ihn doch nur …«, begann Pascal.

Nuts rührte sich nicht. Von seinen Augen sah man nur noch das Weiße. Digger wimmerte betroffen und beugte sich zu der reglosen Gestalt hinab.

»… ich hab ihn doch nur …«

Mars und Schwatzbacke schüttelten stumm die Köpfe, sie wirkten wie gelähmt. Nur der Hund fand sich, Wiederbelebungsversuche einzuleiten. Auf seine Art.

»… doch nur vor das Schienbein getreten«, brachte Pascal seinen Satz zu Ende.

»Arrgs«, erscholl es plötzlich angewidert von unter dem eifrig leckenden Hund, »kann mal einer das Mistvieh zurückhalten?«

Pascal seufzte erleichtert, und Mars und Schwatzbacke grinsten sich eins, und wahrscheinlich hätten sie alle im nächsten Moment angefangen loszuprusten, wenn ihnen Digger da nicht zuvorgekommen wäre.

Rasch, rasch, rasch halfen die Biker dem Jungen nach oben und lieferten ihm augenblicklich den Hund hinterher. Der wollte natürlich sofort zurück ins Loch, doch Pascal hielt schon den zerbissenen Schläger, pfiff, warf, Digger jagte hinterher, brachte das Ding hechelnd und schwanzwedelnd zurück. Pascal warf erneut, und der Hund hatte die Grube fürs Erste vergessen.

Den Rest des Nachmittags streunten die beiden auf dem Grundstück herum, beschnüffelten und begutachteten alles Mögliche, spielten Stöckchen oder Verstecken, benagten und bekraulten einander, sahen sich gegenseitig beim Zerwühlen der Beete oder beim Schaukeln unter dem alten Obstbaum zu, hockten sich in die Sonne, kratzten sich ausgiebig hinterm Ohr oder bohrten in der Nase oder leckten sich selber an den unmöglichsten Stellen, ließen in aller Gemütsruhe Winde streichen und ganz allgemein den lieben Gott einen guten Mann sein. Und als dann der Abend nahte und Pascal zum Essen nach Hause musste, da brachte ihn Digger noch bis zum Tor, stellte die Vorderpfoten drauf und japste und jaulte dem Jungen bedauernd hinterher, bis dieser um die Ecke verschwunden war.

Erst dann ließ er sich wieder auf alle viere hinunter und ging nachsehen, ob er den Zucchini-Brüdern nicht noch ein bisschen beim Graben helfen konnte ...

So kam es, dass Pascal seit damals eigentlich immer erst mal den Hund begrüßen ging und dann so nach und nach abcheckte, in was für einer Stimmung sich die Zucchinis befanden.

Auf Zehenspitzen umrundete er die Ecke zur Veranda. Alle drei Motorräder parkten unter dem Vordach. Das hieß, dass die Zucchinis daheim waren, denn auch ihr VW-Transporter parkte in den Resten der knudsenschen Rosenzucht.

Zu Hause waren sie also, doch zu hören und zu sehen war nichts von ihnen. Pascal schnalzte ärgerlich mit der Zunge. Wie er befürchtet hatte, schien alles noch fest zu schlafen. Wo, zum Teufel, war der Hund?

Er hatte nämlich einen Plan. Einen mächtig raffinierten Plan: Er wollte mit Digger im Garten spielen und dabei gerade genug Geräusch machen, dass die Zucchinis aufwachten. Jedoch, und das war das Raffinierte an diesem Plan, ohne zu bemerken, geweckt worden zu sein. Einmal wach, würden sie sich dann sicher für alles begeistern lassen, was Pascal ihnen vorschlug …

Kein Digger auf der überdachten Veranda, kein Digger in dem kleinen Geräteschuppen, kein Digger links und rechts in den Büschen, kein Digger auf oder hinter der Treppe zum Haus. Hm.

Die Haustür ging direkt in die Küche. Pascal stieg geräuschlos die drei Stufen hoch, hielt den Atem an und spähte durch das Fenster. Und … Bingo! Da lag die Dogge in ihrer Ecke und sah im Schlaf so friedlich aus wie … wie ein dösendes Krokodil.

Nun denn. Jetzt hieß es, ihn mit ein paar sanften Worten vom Schlaf- in den Wachzustand zu befördern. Und zwar unter strikter Vermeidung des Schreck-, des Beiß- und des Kläffzustandes.

Unendlich behutsam drückte Pascal die Klinke, unendlich langsam und umsichtig zog er die Türe nur gerade eben so weit auf, dass er hindurchschlüpfen konnte, und trat, geräuschlos wie ein Indianer, ein.

Mit einem wahnsinnigen Knurren und voll gefletschten Zähnen sprang das Vieh ohne Vorwarnung direkt auf ihn zu.

Damit hatte er rechnen müssen, und so verlor Pascal auch nicht die Nerven, sondern tat das einzig Richtige: Er blieb stehen, wo er war, und sagte mit ruhiger, aber fester Stimme: »Ich bin's nur. Dein Freund Pascal!«

Das wirkte. Digger stoppte abrupt. Das Knurren erstarb.

Digger setzte sich, blickte leicht reuig drein und fing zaghaft an, mit dem Schwanz über den Boden zu fegen.

Pascal horchte. Im Haus rührte sich nichts. Das hieß, alles lief nach Plan. Perfekt.

»Komm, hopp!«, raunte er dem Hund zu. »Raus mit uns!«

Raus? Tolle Idee! Digger war sofort Feuer und Flamme. Doch da musste sein Lieblingsstöckchen mit, keine Frage. Er musste es nur noch aus seiner Schlafecke holen, und sie konnten los.

Pascal brauchte einen Augenblick, um das Vorhaben des Hundes zu durchschauen. In der Unfallforschung bezeichnet man einen solchen Moment gemeinhin als »Schrecksekunde«.

Diggers Schlafecke, muss man dazu wissen, war gemütlich eingebettet zwischen dem Geschirrschrank und der »Leere-Flaschen-Ecke«, auch »Nuts' Altersversorgung« genannt. Als Pascal aufging, was der Hund vorhatte, war er mit einem Satz über ihm. Ohne sein sofortiges Eingreifen stand das Schlimmste zu befürchten. Denn bei Diggers Lieblingsstöckchen handelte es sich selbstverständlich nicht um ein Zweiglein, wie es ein Zwergpudel mit nach Hause bringen würde, sondern eher schon um einen Prügel, einen regelrechten Trumm von einem Ast. Und der hatte sich ein wenig hinter dem Geschirrschrank verklemmt.

Feingefühl ist Diggers Sache nicht, und Widerstand kann ihn rasend machen.

»Aus!«, befahl der Junge, während er versuchte, mit einer Hand den schwankenden Schrank zu stützen und mit der anderen den Hund von dem Ast wegzuzerren. »Aus, du dämliche Töle!«

Jetzt hat Digger, neben einer Vielzahl anderer geistiger Defizite, auch noch die abstrusesten Schwierigkeiten, Kommandos ihrem jeweiligen Sinn zuzuordnen. Vor allem die einsilbigen Befehle, wie Sitz!, Platz!, Aus!, Such!, Fass!, kann er ums Verrecken nicht unterscheiden und interpretiert sie deshalb mal so, mal so.

In diesem Fall allerdings war er sich sicher wie schon lange nicht mehr, denn so, wie der Junge beim Zerren mithalf, konnten seine Kommandos nur »Zieh!« bedeuten und mussten als Anfeuerung verstanden werden.

Digger legte sich noch mehr ins Zeug und ruckte und zerrte, bis der Schrank den Knüppel plötzlich freigab, gefährlich schwankend und mit viel unheilschwangerem Geschepper in seinem Inneren. Aber er fiel nicht um.

Keuchend wischte sich Pascal die feuchte Stirn. Waren sie sehr laut gewesen? Schwer zu sagen. Trotzdem schien es nicht dumm, sich jetzt rasch in den Garten zu verkrümeln. Digger plagte einer seiner seltenen grüblerischen Augenblicke. Was war das noch mal gewesen, was sie mit seinem Stöckchen vorgehabt hatten? Der Junge rief irgendetwas von der Tür her. Richtig! Raus hatten sie damit gewollt! Sofort war die gute Laune wieder da. Mit dem Ast zwischen den Zähnen vollführte er ein erstaunlich flüssiges und elegantes Wendemanöver Richtung Ausgang, wobei er nur leider fast die gesamte Altersversorgung von Nuts ummähte.

Man braucht nicht das Ohr eines Dirigenten, um das gleichzeitige Erklirren von mehr als einhundert leeren Flaschen als laut und unschön zu empfinden. Auch ist das Krachen zweier umgerissener Stühle wahrlich nichts, was dem Ohr schmeichelt. Andererseits ließe sich das Beben, das eine zentnerschwere Dogge verursacht, die wiederholt und entschlossen versucht, einen zwei Meter langen Knüppel quer durch eine ein Meter breite Tür zu treiben, sicherlich ganz gut als Backbeat für den einen oder anderen Rocksong verwenden.

Pascal wollte nur noch raus. Nur irgendwie an dem Hund vorbei und dann laufen …

In diesem Moment flogen die Türen zu Nuts' und Schwatzbackes Zimmern auf, und auch Mars kam in Riesensätzen die Treppe herunter.

»Ruuhe!«, brüllten sie, dass man es bis an die Stadtgrenze hören konnte.

Digger ließ den Ast fallen, fuhr herum und begann ansatzlos wie besessen zu bellen.

»Schnauze!!«, brüllten sie ihn nieder, und ein Augenblick der Stille kehrte ein. Aber keinesfalls des Friedens.

Alle drei trugen T-Shirts und Unterhosen und dazu Gesichtsausdrücke, die irgendwo zwischen Verpenntheit und Mordlust angesiedelt waren.

Nuts war der Erste, der etwas sagte. Er sprach ganz leise, doch mit so einem Kratzen in der Kehle, dass man nur vom Tonfall schon eine Gänsehaut bekam. Und die Worte machten einen dann frieren. Bei fünfundzwanzig Grad im Schatten.

»Dafür«, knurrte er, »werdet ihr zahlen. Und zwar mit eurem Blut!«

Pascal drohten die Knie nachzugeben. »Mo-Moment mal«, stammelte er, »ich kann das alles erklär–«

Nuts schnitt ihm einfach das Wort ab. »Schwatzbacke«, befahl er, »du drehst dem Bengel den Hals um. Ich mache das Gleiche mit der Töle.«

Digger ließ ein tiefes, misstrauisches Grollen vernehmen. Ihm schien klar zu sein, was jetzt kam, denn er duckte sich zum Sprung und entblößte langsam seine Furcht einflößenden Beißwerkzeuge.

Im nächsten Augenblick sprangen sich Mensch und Hund an, fielen krachend zu Boden und rollten, ineinander verbissen, so was wie »Worraworraworra« von sich gebend, quer durch die Küche. Zähne und Augen blitzten, Pfoten scharrten und kratzten, Fäuste knufften, Knochen knirschten.

Pascal entfernte sich unauffällig ein paar Schritte von Schwatzbacke, bereit, laut schreiend zu flüchten, sollte der Dicke jetzt eine ähnliche Aktion mit ihm vorhaben.

Seine Sorge war unbegründet. Schwatzbacke ging sich anziehen, kam zurück in die Küche und machte seelenruhig Frühstück.

Der Junge hockte sich neben Mars, der schlaftrunken auf der Treppe saß.

»Sollten wir nicht eingreifen?«, fragte er angesichts des wild kämpfenden Knäuels aus Mensch und Hund auf dem Küchenboden.

Mars schüttelte den Kopf. »Lass mal. Die brauchen das ab und zu.«

»Aber sie tun sich doch nichts Ernstes, oder?« Trotz aller Gelassenheit im Haus waren die Geräusche von abwechselnd Wut und Schmerz doch beunruhigend.

»Sie denken nicht dran«, meinte Mars trocken. »Leider. Erst mal sind sie nicht kaputt zu kriegen, beide, einfach unverwüstlich, und dann lieben sie sich auch noch. Heiß und innig.«

Aha. Dem Jungen schwirrte ein wenig der Kopf. Falls das also Liebe war, wollte er lieber nicht in der Nähe sein, sollten Nuts und Digger einmal in Streit geraten.

Der Kaffee und die beiden Liebenden waren etwa zeitgleich fertig.

Schwatzbacke goss die Tassen voll, während Nuts und Digger sich mühsam, zerkratzt, zerzaust, keuchend, aber augenscheinlich glücklich vom Boden aufrappelten.

»Herrlich«, meinte Nuts, ließ sich auf einen Stuhl fallen und bewunderte Kratzer auf seinem Oberkörper und die Abdrücke von Diggers Zähnen auf seinen Armen. Die Dogge wankte hechelnd und schwanzwedelnd zu ihrem Wassernapf und schlabberte eine Weile geräuschvoll darin herum.

Zufriedene Stille senkte sich über den Frühstückstisch.

Aller Ärger darüber, aus dem Schlaf gerissen worden zu sein, schien verflogen.

Pascal fasste ein wenig Mut. »Hört mal, Jungs«, begann er, »ich hab da eine Idee. Wie wäre es, wenn wir heute zusammen auf die Kirmes gingen?«

Die drei hörten auf zu kauen, ließen Tassen sinken, tauschten Blicke. Schüttelten die Köpfe.

»Auf keinen Fall«, meinte Nuts. »Kirmes, das ist nichts für uns.«

»Kinderkram«, murrte Schwatzbacke.

»Außerdem hatten wir heute vor ...«, begann Nuts, nahm dann aber erst einen Schluck Kaffee.

»... den Garten aufzuräumen«, führte Mars den Satz zu Ende.

»Genau«, bestätigte Nuts, und auch Schwatzbacke nickte.

»Den ganzen Garten?«, fragte Pascal, milde entsetzt. Dreifaches Nicken antwortete.

»Aber ... aber das kann Tage dauern!«

»Darum hoffen wir ja auch fest auf deine Mithilfe«, sagte Mars.

»Ganz fest«, sagte Nuts.

»Felsenfest«, sagte Schwatzbacke. Und alle drei sahen Pascal erwartungsvoll an.

Feuerwerk, dachte er. Riesenrad. Zu zweit. Mit Zunge und »Stempel« und allem.

»Aber ich muss da hin!«, platzte es aus ihm heraus.

Die Biker sahen ihn fragend an. Vor allem Nuts wirkte sehr interessiert.

Was für zwingende Gründe kann es für einen Kirmesbesuch geben? Abgesehen von dem, den er hatte, wollte Pascal keiner einfallen. Und die drei Zucchinis blickten. Wartend. Schweigend. Also gab sich der Junge einen Ruck und erzählte ihnen von ... Maila.

»Hey, hey, hey«, machte Nuts. »Bist du nicht ein bisschen jung für ... du weißt schon? Selbst ich habe gewartet, bis ich zehn war, bevor ich ...«

»Ich bin elf!«

Nuts wischte das beiseite. »Oder nimm Schwatzbacke hier, der hat sogar vor, damit bis zu seinem achtzigsten Geburtstag zu –« Er brach ab und massierte längere Zeit sein Schienbein.

»Trotzdem«, meinte Mars, und es klang genauso bedauernd wie abschließend, »wenn wir heute nicht mit dem Aufräumen anfangen, wird das nie was. Und wir könnten deine Hilfe gut gebrauchen.«

Also gab Pascal sich einen weiteren Ruck und erzählte auch noch von der »Liga der Wissenden«.

»Ha! Was glauben die denn zu wissen?«, höhnte Nuts. »Also ich, ich habe schon hunderte von Frauen geküsst, und ich kann dir sagen –«

»Hunderte?«, unterbrach ihn Mars. »Hast du ›hunderte‹ gesagt?«

»Also, ich«, begann Nuts ungerührt von vorn, »ich habe schon weit über hundert –«

Schwatzbacke hustete etwas Kaffee von sich. Er hatte sich wohl verschluckt.

»... locker an die hundert Frauen gek–«

»Ich erinnere mich an ungefähr fünf«, warf Mars ein.

»... dutzende von Frauen geküsst, und ich kann dir –«

»Ich an drei«, fügte Schwatzbacke hinzu.

»Was ich eigentlich sagen wollte«, Nuts hob die Stimme warnend, »ist dieses: Selbst nachdem man eine noch so große Anzahl von Frauen geküsst hat, weiß man anschließend doch nicht mehr über sie als vorher. So viel nur zu dieser albernen Liga.«

»Ja, aber«, begann Pascal, als Digger aufsprang und einen schmächtigen, strähnig-langhaarigen Zucchini anbellte, der plötzlich in der offenen Küchentür stand und »Können wir los?« fragte. Auf eine ungeduldige, fast schon herrische Art.

Das war Joe, der Kleinste, der Schmalste, und trotzdem der Präsident der Flying Zucchini Brothers.

(Pascal hatte Mars mal anvertraut, dass er immer geglaubt hatte, Rockerpräsident würde unweigerlich nur der Größte und Stärkste. Mars hatte kurz darüber nachgedacht und dann geantwortet: »Das glaubt unser Präsi auch.«)

»Los? Wohin denn?«, fragte Pascal.

»Na, zur Kirmes! Schließlich ist heute Feuerwerk. Da gehen wir jedes Jahr hin.«

Die drei am Tisch sahen mit unschuldigen Mienen in verschiedene Ecken des Raumes.

Pascal brauchte einen Moment, um zu begreifen. Die Mistkerle hatten ihn die ganze Zeit nur veräppelt! Sie hatten nie vorgehabt, den Garten aufzuräumen! Und im Glauben, sie umstimmen zu müssen, war er so blöd gewesen, ihnen von Maila zu erzählen!

Etwas mehr Gelenkigkeit vorausgesetzt, und Pascal hätte sich die Zähne in den eigenen Hinterschinken geschlagen.

Oder, traf es ihn siedend heiß, oder ... wollten sie ihn vielleicht einfach nur nicht dabeihaben?

Die Frage beantwortete sich nur Sekunden später von selbst.

»Du fährst mit mir, Romeo«, ließ Nuts ihn ohne weiteren Kommentar wissen. »Aber du brauchst einen Helm.«

Mitfahren! Im Seitenwagen! Ein Helm? Kein Problem! Er hatte doch einen Skatehelm! Ha! Pascal war mit einem Satz aus der Tür, mit einem weiteren Satz übers Tor, in einigen Riesensätzen vor seiner Haustür. Und stoppte abrupt.

Was er nicht hatte, dämmerte ihm, war die zwingend notwendige Erlaubnis seiner Mutter.

»Nein«, sagte seine Mutter kategorisch. Sie war nur Minuten nach Pascal heimgekommen und nun dabei, Einkäufe zu sortieren und einzuräumen. »Aber auf gar keinen Fall. Es reicht mir vollkommen, dass ich deinen Vater bei einem Unfall verloren habe. Auf dich werde ich besser aufpassen!«

Und das war es, das war die Wahrheit: Sein Vater war bei einem Autounfall ums Leben gekommen – unverschuldet, muss man sagen –, als Pascal noch ein Baby war. Und seine Mutter lebte nun in ständiger Sorge, ihm könne auch etwas zustoßen.

»Aber ich sitze doch nur im Seitenwagen! Und bis zur Kirmes ist es nicht weit! Und Nuts fährt ...« Er biss sich auf die Zunge. Wie Nuts fuhr, war ständiges Gesprächsthema im ganzen Fridtjof-Nansen-Weg. »Wie der Antichrist auf Haschgift« hatte es Frau

Gallig einmal formuliert. »Nuts hat versprochen, er fährt besonders vorsichtig«, besserte er hastig nach. Das stimmte zwar nicht ganz, doch Nuts würde es sicher nachholen, das Versprechen. Im Versprechen, da war er groß, der Nuts.

»Nein. Niemals. Wozu willst du überhaupt mit diesen ... diesen Typen auf die Kirmes? Was ist mit deinen gleichaltrigen Freunden?«

Pascal erklärte, dass alle Welt im Urlaub sei, und vergaß auch nicht zu erwähnen, dass Ferien zu Hause nicht so unheimlich lustig sind.

Es nutzte nichts.

»Gut, mein Junge, ich kann es verstehen, wenn du nicht allein auf die Kirmes willst. Doch ich sehe immer noch nicht ein, warum es gerade die Zucchini-Brüder sein müssen. Hast du schon mal daran gedacht, mich zu fragen?«

Ein denkbar schlechter Moment, um ein Glas Milch zu trinken, musste Pascal feststellen, sehr zum Missfallen seiner Mutter.

Wie um alles in der Welt, dachte Pascal, während er die durch die Nase entwichene Milch aufwischte, sollte er das jetzt klären, ohne seine Mutter tödlich zu beleidigen? Letzten Endes – immerhin hatte er das heute ja schon mal getan, war somit geradezu in Übung – gab er sich einen Ruck und erzählte von ... Maila.

Einzig seine Mutter war nicht beeindruckt. »Mein Sohn«, sagte sie sanft und betrachtete ihn mit diesen schimmernden Augen, die jede Mutter für ihr Kind bereithält, und sei es noch so hässlich und bescheuert, »glaubst du wirklich, du brauchtest eine

Horde Motorradrocker um dich herum, damit die Mädchen auf dich aufmerksam werden?«

Arrgs, was soll man darauf antworten?

»Ja«, gestand er schließlich. »Mama, du musst verstehen, dieses Mädchen ist etwas Besonderes. Ich bin ihr schon zweimal begegnet, und bisher hat sie noch nicht mal wahrgenommen, dass ich überhaupt existiere. Wenn ich sie also kennenlernen will, dann muss ich ihr zumindest … auffallen. So ist das nun mal. Oder wie hast du Papa kennengelernt?«

»Was hat das denn damit zu tun?«, fragte seine Mutter irritiert zurück. Sie schloss die Kühlschranktür und drehte sich zu ihrem Sohn um. »Hab ich dir das etwa noch nie erzählt?«, wunderte sie sich dann.

Pascal schüttelte den Kopf.

»Nun, tja. Also, ich war mit einer Freundin auf diesem Konzert. Ich meine, die Gruppe hätte ›Madness‹ geheißen … Da hätte ich eigentlich schon gewarnt sein müssen«, sagte sie nachdenklich. »Na, wie dem auch sei, mitten im Konzert war im Publikum eine ganze Bande Verrückter dabei, eine riesige ›menschliche Pyramide‹ aufzutürmen. Und das, obwohl jeder sehen konnte, dass sie darin überhaupt keine Übung hatten.« Seine Mutter schwieg einen Moment, und Pascal wollte schon nachhaken, als ihm auffiel, dass sie lächelte, tief in Gedanken. »Dein späterer Vater ist mir damals von oben runter direkt vor die Füße gefallen«, erinnerte sie sich verträumt. »Ich musste ihm hochhelfen, und als ich ihn endlich auf den Beinen hatte, hat er sich in einem fort nur wild umgesehen und immer wieder gefragt: ›Wer gegen wen? Wer

gegen wen?‹. Gott, er war so süß«, seufzte sie. »Ich bin dann mit ihm ins Krankenhaus gefahren, und dort haben sie eine schwere Gehirnerschütterung festgestellt. Noch in der Nacht hat er mich das erste Mal angerufen und nur wirres Zeug geredet. Ich wusste gleich, den will ich heiraten.«

»Na also«, sagte Pascal.

Seine Mutter schüttelte den Kopf wie jemand, der aus einem Traum erwacht. »Was soll das heißen: Na also?«, wollte sie wissen.

»Glaubst du wirklich, du hättest Papa jemals kennengelernt, wenn er an dem Abend nicht mit einer Bande Verrückter unterwegs gewesen wäre?«

Darauf folgte ein längeres, wenig begeistertes, ganz leicht resignierendes, mütterliches Schweigen, beendet von der strengen Frage: »Hast du einen Helm?«

Pascal verwies auf den Skatehelm, der schon länger von seiner Linken baumelte.

»Du brauchst etwas Wärmeres zum Anziehen.«

»Mama, es sind fünfundzwanzig Gra–«

»Abends wird es kühl. Ohne Sweater gehst du mir nicht aus dem Haus!«

Oh, Mann, das war die halbe, ach was, das war die komplette Erlaubnis! Was argumentierte er hier noch? Pascal entwickelte einen Zwölf-Meter-Gummiarm, schickte ihn blitzartig die Treppe hoch in sein Zimmer und riss ihn mit einem Ruck und seinem grauen Kapuzensweater an der Hand wieder herunter. Zack!, war er an der Tür.

»Wann bist du zurück?«

Oh, oh, oh. Mütter. Du kannst sie austricksen, aber nie so ganz.

»Äh, nach dem Feuerwerk?«

»Punkt zwölf. Spätestens!«

Ha! Das passte! Das Feuerwerk war um elf, das passte, das passte! Zack!, war er aus der Tür. Und es war nur sein Gummiarm, der noch mal ganz kurz zu seiner Mutter zurückschnellte und sie einmal heftig an sich drückte.

»Und iss und trink nicht wieder so viel durcheinander!«, rief sie noch. »Nicht, dass dir wieder schlecht wird! Denk an damals!«

Ja, ja, ja. Einmal, ein einziges Mal war ihm auf der Kirmes übel geworden, doch das war Jahre her. Ewig. So etwas passierte ihm nicht noch mal, da war er sich sicher.

Vier Kerle standen in einem Halbkreis, umgeben von Motorrädern, beobachtet von einer Dogge mit den Vorderpfoten auf dem Gartentor, und blickten finster. Vier Kerle in schwarzen Lederjacken, darüber noch ihre »Kutten«, Jeansjacken ohne Ärmel, mit ihrem Clubwappen hintendrauf: einer dickbauchigen, steil aufgerichteten Kanone, aus der oben das Vorderteil eines Motorrades und ein grinsendes, behelmtes Gesicht ragten. Darüber stand halbkreisförmig: »The Flying Zucchini Brothers«, darunter: »Human Cannonballs«. Sie standen im Halbkreis am Fuß des Fridtjof-Nansen-Weges, umgeben von ihren Motorrädern, vorwurfsvoll beobachtet von ihrer Dogge, die ahnte, dass sie nicht mitdurfte, und sie blickten finster auf ihre Armbanduhren. Auch die, die gar keine Uhr umhatten.

Pascal sprang in voller Fahrt von seinem Board, nahm es rennend auf, saß mit einem Satz im Seitenwagen von Nuts' Gespann, blickte hoch zu den vier Kerlen und fragte: »Können wir dann endlich mal los?«

Ein vierfaches, missbilligendes Grunzen antwortete, doch die Biker gerieten in Bewegung.

Nuts stieg auf den Kickstarter der alten rostigen Yamaha, an der der ebenfalls rostige und verdächtig verbeulte Seitenwagen befestigt war. Er sprang hoch, kickte den Starter, und die Yamaha gab ein Geräusch von sich wie eine Dogge, die man mit Rosenkohl gefüttert hat.

Schwatzbacke schwang sich auf seine chromglänzende Harley mit dem Flammendesign auf dem Tank, Joe sich auf seine orangerote BMW mit den dicken Packtaschen. Nach kurzem Anlasserwimmern donnerten ihre Auspuffe unruhig vor sich hin.

Mars ließ sich Zeit und zog sorgfältig seine Handschuhe über.

Pascals Herz schlug bis zum Hals. Bisher war er noch nie mit den Zucchinis mitgefahren, wenn man gelegentliche Einkaufstouren mit der VW-Pritsche nicht mitrechnete. Also noch nie mit den Motorrädern. Er erwartete nicht viel weniger als einen echten Höllenritt. Und zwar ungeduldig.

Nuts sprang auf den Kickstarter. Die Yamaha machte »*Ka-pffrt*«.

»Geht jeden Augenblick los«, sagte Nuts zu seinem Beifahrer. »Halt dich schon mal fest.« Pascal packte den dicken Chrombügel vor sich mit beiden Händen. Noch ein Kick, noch ein »*Ka-pffrt*«.

Mars, Handschuhe zu seiner Zufriedenheit zurechtgezupft, drehte den Zündschlüssel seiner blau-weißen, voll verkleideten, wahnsinnig schnell aussehenden Maschine, drückte ein Knöpfchen, und der Motor der Suzuki brummte hoch und heiser auf.

»Aber jetzt!«, meinte Nuts. »*Ka-pffrt.*«

Drei von vier Motoren liefen nun, wurden unruhig rhythmisch hochgedreht. Die zurückgelassene Dogge machte bellend und heulend ihrem Unmut Luft.

»*Ka-**POW**!!!*« Eine Fehlzündung wie ein Kanonenschuss ließ Fallobst aus den Bäumen der Nachbarschaft prasseln und Vögel in Scharen in die Lüfte steigen. Jetzt lief endlich also auch der vierte Motor, doch die Yamaha spotzte und knallte und hörte sich überhaupt nicht gut an.

»Läuft nur auf einem Pott, die Scheißkarre!«, schrie Nuts über den Lärm. »Aber das müsste sich gleich geben!«

Er drehte heftiger und heftiger am Gas, das Knallen und Spotzen klang mehr und mehr wie Maschinengewehrfeuer, Digger protestierte in den höchsten Tönen, Herr Steinbrecher erschien an einem Fenster seines Hauses, offensichtlich bemüht, seinem Spitznamen alle Ehre zu machen, auch wenn nichts zu hören war über dem Lärm. Dann noch ein Knall, noch etwas Fallobst, der Motor der Yamaha lief rund, ein Ruck ging durch die Fuhre, die Harley bellte, die BMW knurrte und die Suzuki kreischte auf, und dann schossen sie alle zusammen den Fridtjof-Nansen-Weg hoch.

Auf Höhe seines Hauses erinnerte sich Pascal kurz daran, Nuts noch gar nicht das Versprechen besonders vorsichtiger Fahrweise abgenommen zu haben, doch dann waren sie auch schon vorbei, und er hatte andere Sorgen.

Die Beschleunigung war enorm. Der Radau auch. Unmöglich zu sagen, wie schnell sie fuhren, aber mit dem Hintern eine knappe Handbreit über der Straße, die Augen vom Fahrtwind blind vor Tränen und die Ohren voll vom Dröhnen des Zweizylinders, wirkte alles wie knapp unterhalb der Schallgrenze. Hinzu kam der abenteuerliche Eigensinn des Gespanns. Wie ein Pony, dem man zu viel Hafer gegeben hat, wollte es übermütig grundsätzlich in eine andere Richtung als sein Reiter. Der daraus resultierende ständige Schlingerkurs bewirkte, dass man als Passagier alle Hände voll zu tun hatte, um nicht hin und her geschleudert zu werden wie ein Turnschuh im Wäschetrockner.

Als Resultat war ihm bei der Ankunft nach einem gerade mal fünfminütigen Rennen gegen die anderen Zucchinis sowie den kompletten übrigen Straßenverkehr nicht mehr ganz so wohl wie noch bei Antritt der Fahrt. Nun, er hatte einen Höllenritt erwartet und war nicht enttäuscht worden. Aber echt nicht.

Nuts legte noch eine gewaltige Schleuderwende auf dem Schotterparkplatz hin, dann standen sie, ließen die Staubfahne abziehen, und Pascal dachte, so für sich, dass ihn nun auf der Kirmes wohl nichts mehr würde schrecken können.

Großer Irrtum, das.

Zu fünft nebeneinander nahmen sie die ganze Gehsteigbreite in Beschlag, eine leichte Brise trug Fetzen von Musik, Gebimmel und Gekreisch und Wölkchen dieses unnachahmlichen, süßlich-rauchig-fettigen Miefs zu ihnen herüber, in den sie gleich einzutauchen gedachten, und alle fünfe schienen sie das Vokabular, mit dem sich ernste Gedanken formulieren lassen, irgendwo unterwegs über Bord geschmissen zu haben. Pascal fühlte sich großartig, das bisschen Übelkeit schon wieder vergessen.

»Wir haben«, erklärte ihm Nuts, »in langen Jahren die perfekte Methode entwickelt, um einen Kirmesbesuch zu einem runden, harmonischen und somit unvergesslichen Erlebnis zu machen: Erst mal drehen wir eine gemächliche Runde über das ganze Gelände. Man darf dabei das eine oder andere der leichteren Geräte mitnehmen, muss aber an jedem Stand etwas essen –«

»Und trinken«, erinnerte ihn der Präsi.

»Ganz gleich, was es ist. Und zum Schluss geht es dann der Reihe nach ruck, zuck auf alle wirklich wilden Dinger.«

Rund, harmonisch und ganz sicher unvergesslich, dachte Pascal und schluckte unwillkürlich.

Los ging's auf die Erkundungsrunde. Und wie irgendwie zu befürchten gewesen war, hatte es sich bei dem Vorhaben, an jedem Stand etwas zu essen oder zu trinken, um keine leere Drohung gehandelt. Zuerst gab es Zuckerwatte, an der der bärtige Schwatzbacke noch am folgenden Morgen seine Freude haben sollte, dann Cola, dann eine Runde Würstchen von nicht eindeutig zu klärender Herkunft, rätselhafter Zusammensetzung und dubiosem Aussehen.

Joe meinte, am besten lasse man sie komplett unter Senf und Ketchup verschwinden. Alle probierten das, und alle sauten sich mächtig die T-Shirts ein.

Der nächste Vorstoß trug sie weiter in das Gelände hinein. Die diesjährige Kirmes war größer und auch besser ausgestattet als alle vorherigen. Neben den üblichen Autoscootern und den gängigen Körpersaft-Zentrifugen gab es ein Riesenrad, eine beeindruckende Achterbahn mit Doppellooping und ein Wikingerschiff, auf dem fünfzig Leute gleichzeitig die faszinierenden Begleitumstände der Seekrankheit erfahren konnten. Das alles wurde »auf später« verschoben. Ein Stand mit Milchshake war dagegen ein Muss, obwohl sich Stimmen regten, ob vorgeschüttelte Milch nicht unabwägbare Folgen nach sich ziehen könnte.

Aller guten Laune zum Trotz war zu spüren, dass die Zucchinis nicht wirklich entspannt waren. Ihre Blicke wanderten auffallend oft über die Menge. Lauernd, wartend.

Anders als Pascals Blicke, die eher suchend waren, und vielleicht ein bisschen sehnsüchtig.

»Wonach seht ihr euch dauernd um?«, fragte er Nuts. Der beugte sich vertraulich vor.

»Wenn dir hier ein paar abgerissene, zottelmähnige, verkommene Typen in schwarzem Leder auffallen«, raunte er, »dann sag Bescheid.«

»Bescheid«, sagte Pascal. Nuts fuhr zusammen und sah sich wild um, bis ihm aufging, auf wen Pascal angespielt hatte.

»Haha«, machte er. »Ich rede natürlich von den Stormfuckers. Du kleiner Witzbold«, fügte er säuerlich hinzu.

»Du glaubst, sie sind hier?«, fragte Pascal, plötzlich beklommen. Die Stormfuckers waren ein anderer Motorradclub aus der Gegend, also direkte Konkurrenten der Flying Zucchini Brothers. Und sie galten als »harter« Verein.

»Ich weiß, dass sie hier sind«, antwortete Nuts.

»Und was ist, wenn wir die treffen?«

»Dann ziehen wir ihnen die Mützen auf links und schicken sie wieder nach Hause«, grollte der Präsi.

»Oder sie uns«, meinte Mars.

Der Junge schluckte. Und hielt von da an die Augen aus zweierlei Gründen offen.

Es war, begriff er, durchaus eine zweischneidige Sache, in Gesellschaft von Bikern unterwegs zu sein. Doch das Gute daran überwog, fürs Erste. Die Leute rempelten einen nicht mehr an. Jungs guckten neugierig, einige regelrecht neidisch. Mädchen blickten wenn möglich noch neugieriger und sahen dann rasch weg, wenn er zurückblickte. Manche kicherten. Pascal fühlte sich größer, er fühlte sich wichtiger, er fühlte sich stark.

Wenn auch allmählich ein wenig vollgefressen. Doch die Zucchinis machten ernst mit ihrem Vorhaben, an jedem verdammten Stand etwas zu konsumieren. Zur türkischen Pizza gab es ein schwer gewöhnungsbedürftiges Sauermilchgetränk, von dem der Präsi ahnte, es »noch heute Abend wiederzusehen«.

Ähnliches dachte Pascal über die sich wenig später anschließende Erbsensuppe.

An Trigger-Hugos Schießbude entdeckte der Präsi einen Schalke-04-Bierkrug und war sofort entschlossen, ihn sich zu holen.

»Oh, nein«, stöhnte Mars.

»Nicht schon wieder«, maulte Nuts.

»Das versuchst du jedes Jahr«, knurrte Schwatzbacke.

»Nur eine Runde«, sagte Joe und reichte das Geld rüber.

Eine Runde bestand aus drei Schüssen, die Joe trotz entnervend langen Zielens alle ins Leere schickte.

»Eine noch«, meinte er und reichte das Geld rüber.

Alle sahen auf ihre Uhren. Auch die, die gar keine umhatten.

Drei Schüsse fielen. Doch kein Krug.

»Eine Runde noch.«

Schließlich wurden die Zucchinis ungeduldig, und Mars schlug vor, es mal Pascal versuchen zu lassen.

»Na gut«, stimmte Joe zögernd zu. »Aber denk dran, was du triffst, gehört anschließend mir!«

Pascal schnappte sich das Gewehr, kniff ein Auge zu und richtete Kimme und Korn auf das Pappröhrchen aus, von dem der Schalke-Krug baumelte. Doch irgendetwas, oder besser, irgendjemand bewegte sich in dem Spiegelglas über seinem Kopf. Irgendjemand mit einem blonden Pferdeschwanz, der übermütig hinten aus einer blauen Basecap herauswippte. Pascal sah mit beiden Augen hin, und – »*Patsch!*« – ein Schuss löste sich aus seiner Waffe.

Maila!

»Hey, guter Schuss«, fand Trigger-Hugo.

Maila! Und sie war nicht allein.

»Herzlichen Glückwunsch«, meinte Hugo und reichte Pascal seinen Gewinn über die Theke.

»Ist das die Perle, auf die du so scharf bist?«, fragte Nuts, dem nichts entging. Pascal nickte zögernd.

Maila war in Gesellschaft von ...

»Welche denn, die Blonde oder die Schwarzhaarige?«

... ausgerechnet von Victoria Sanders, einer Mitschülerin von Pascal. Victoria war schon dreizehn und betrachtete Jungs wie ihn für gewöhnlich, wie man etwas betrachtet, in das man reingetreten ist und nun unter der Schuhsohle kleben hat.

»Die Blonde«, murmelte Pascal.

Nuts pfiff leise zwischen den Zähnen hindurch.

»Ich verstehe«, knurrte er anerkennend.

Die beiden Mädchen unterhielten sich angeregt, wie es nur Mädchen können. Und entfernten sich Schritt für Schritt weiter die inzwischen abendlich volle und abendlich schummrige Budengasse hinunter.

»So, dann rück mal schön raus, was du da für mich geschossen hast«, forderte der Präsi, und Pascal bemerkte erst da, dass er den Gewinn immer noch in Händen hielt. Es war eine dieser idiotischen Mützen, wie sie Angler und Fußballfans gern tragen. Joe entfaltete sie hocherfreut, bevor sein Gesicht schlagartig lang wurde. Auf der einen Seite der Krempe stand groß und in Leuchtbuchstaben »Sexmachine«, auf der anderen »Superlover«.

»Hier, schenk ich dir«, sagte er hastig und wollte sie Pascal wieder in die Hand drücken, doch da protestierten die anderen sehr energisch. »Wie gewonnen, so getragen« musste sich Joe an eine zucchinische Spielregel erinnern lassen und setzte das peinliche Ding dann auch tatsächlich auf.

Sein Anblick war Pascal Warnung genug, für heute besser einen Bogen um jegliche Buden mit Gewinnchancen zu machen.

»Sollen wir mal ein bisschen weiter?«, drängte er. Der blonde Pferdeschwanz drohte komplett im Gedränge zu verschwinden.

»Und was ist mit meinem Schalke-Krug?«, beschwerte sich Joe. Er wurde auf später vertröstet.

Die Zucchinis setzten sich in Bewegung, wenn auch nur bis zu dem Stand mit den von Pascal von Herzen verabscheuten kandierten Äpfeln. Er musste sich auf die Zehenspitzen stellen, um Maila und Victoria nicht völlig aus den Augen zu verlieren.

»Blöd, dass die Mädels immer zu mehreren unterwegs sind, was?«, meinte Nuts zu ihm, Apfel kauend.

Das war wahr. Pascal sah sich beim besten Willen nicht Maila ansprechen, während gleichzeitig neben ihr diese auch noch unnötig große Zicke Victoria hämisch auf ihn herabblickte.

»Das macht das Anquatschen echt zu einer Kunst. Kannst froh sein, dass du mich als Berater dabei hast.«

Und Pascal wusste sich im Moment so wenig zu helfen, dass er tatsächlich den notorisch angeberischen Biker um seinen Rat bat.

»Nun ja. Die traditionelle Methode ist zu lauern, bis sie sich in den Autoscooter setzt, und sie dann sofort und so hart es nur geht zu rammen. Danach heißt es rasch eine Rose schießen und ins Sanitätszelt bringen, wo die Ärzte noch dabei sind, ihre Platzwunden und Brüche zu behandeln, und eine möglichst lahme Entschuldigung zu stammeln. Ewige Liebe ist das unausweichliche Resultat.«

»Und ohne die Brüche und Platzwunden?«

»Kann bestenfalls eine flüchtige Beziehung daraus werden.«

»Nein, ich meine ...«

»Dann bleibt nur, sie mit deinen anderen kirmestechnischen Fähigkeiten zu beeindrucken.«

»Was? Was denn für kirmestechnische Fähigkeiten?«

»Na, da drüben zum Beispiel ...«

Nuts deutete auf einen schmalen hohen Stand, der mit ›Hau den Lukas‹ überschrieben war.

»Ist das nicht total albern?« Pascal mochte zwar noch nicht mal Teenager sein, besaß aber dennoch schon ein deutliches Gespür dafür, was cool war und was nicht. Skaten, zum Beispiel, war cool. So ziemlich das Coolste, was man machen kann. Mit einem dicken Hammer auf einen Messingknauf zu kloppen, bis oben am Ende einer meterlangen Skala ein Glöckchen bimmelte, dagegen nicht. Aber echt nicht.

»Natürlich tun die Frauen so, als ob sie das läppisch fänden«, erklärte Nuts. »Aber in ihrem Innersten sind alle Weibchen beeindruckt, wenn ein Männchen ein bisschen Muskeln zeigt. Das ist ein Naturgesetz. Glaub mir und meiner riesigen Erfahrung.«

Obwohl Pascal erst vor ein paar Stunden miterleben durfte,

wie Nuts' riesige Erfahrung auf dem Gebiet der Weiblichkeit Stück für Stück auf Normalmaß reduziert wurde, waren seine Worte doch überzeugend. Starke Jungs hatten es bei den Mädels irgendwie einfacher.

Und Maila stand in direkter Nachbarschaft des »Hau den Lukas« beim Kettenkarussell an.

Einziges Problem waren die zu zeigenden Muskeln. Pascal war sportlich, er war flink und gelenkig, nur leider beim besten Willen kein Kraftpaket.

Und der Holzhammer sah riesig aus, sein Kopf allein groß wie ein Eimer. Gerade als sie näher herantraten, gab ein Kerl mit den Schultern eines Ringers nach mehreren Versuchen entnervt auf. Sehr zur Freude der zahlreichen Zuschauer übrigens, die alle nicht mit Kommentaren sparten.

Pascal entschied, dass das Risiko, sich hier zum Affen zu machen, ungefähr hundertmal größer war als die Chance, beim schönen Geschlecht Eindruck zu schinden.

»Na, wie wär's mit 'nem Versuch, Sexmaschine?« Der Betreiber, ein Typ mit einem mindestens halbmeterlangen Schnurrbart, grinste den Präsi breit an.

»Kann das sein, dass du ›Lukas‹ heißt?«, knurrte Joe.

»Kann das sein, dass du keinen Mumm hast?«, kam es höhnisch zurück. »Hier, achte drauf!« Der Typ griff sich den Hammer, schwang ihn hoch und ließ ihn mit Macht auf den plumpen Metallbolzen am Boden niederpfeifen. Der Zeiger fuhr den Mast hoch und die Bimmel bimmelte.

»Nachmachen.«

Und plötzlich fand Joe sich im Zentrum der allgemeinen Beachtung, mit dem Hammer in der Hand.

»Da wollen wir doch mal sehen, wie hoch du ihn kriegst, Superlover!« Und die Menge freute sich mächtig.

Joe lief rot an. Er schwang den Hammer. Er traf den Bolzen. Der Zeiger fuhr, aber es bimmelte nichts.

Pascal sah sich rasch nach Maila um. Sie und Victoria mussten noch warten, bis das Karussell das nächste Mal anhielt.

»Unsere Sexmaschine hat ja Muskeln wie ein Spatz Krampfadern«, höhnte der Betreiber, und die Leute schrien vor Lachen.

Joe wechselte die Farbe von Rot zu Bleich.

»Räche mich«, befahl er Nuts und trat beiseite. Nuts schien irgendetwas auszuhecken. Auch er hatte sich kurz nach Maila umgedreht und tuschelte jetzt mit Schwatzbacke, der finster nickte.

»Wir schicken unseren stärksten Mann vor!«, rief Nuts dann in die Runde, und ehe er sich's recht versehen konnte, hielt ein völlig verdutzter Pascal den Hammer in Händen.

»Kommen Sie! Kommen Sie und sehen Sie die stärkste Zucchini aller Zeiten!«, rief der Kerl mit dem Schnurrbart. Die Zuschauer johlten. Mehr Gaffer strömten herbei. Pascal spürte die Hitze in seine Ohren schießen. Es war einer dieser seltsamen Augenblicke, in denen es einfach kein Zurück gibt. Er betete, Maila möge nicht ausgerechnet jetzt zuschauen, und bekam den Hammer kaum über den Kopf gehoben. Der Geruch von Schmach und Schande lag in der Luft.

»Hey, die Frau da oben ist ja total nackt!«, schrie Nuts plötzlich und riss den Arm hoch. Und alle, wirklich alle blickten hoch zum Kettenkarussell, auf dem natürlich keine nackte Frau zu sehen war. Doch der eine Augenblick der Ablenkung reichte Schwatzbacke, Pascal kurz den Hammer aus der Hand zu rupfen, einarmig zu schwingen und auf den Bolzen zu knallen, dass man den Schlag bis in die Fußsohlen spüren konnte.

Die Zuschauer fuhren wieder herum, gerade als der Zeiger den Mast hochjagte und oben die Bimmel glatt aus ihrer Verankerung riss.

Ungläubiges Schweigen machte sich breit.

Pascal nahm eine Hand vom Hammer und wischte sich lässig einen imaginären Schweißtropfen von der Stirn.

Der Betreiber war fassungslos. Sein Blick irrte zwischen der Mastspitze, der abgerissenen und zu Boden gefallenen Bimmel und Pascal hin und her wie eine Kugel im Flipperautomaten.

»So was ... so was hab ich noch nie erlebt«, stammelte er.

Unauffällig und mit einer Miene, als würde er solche Leistungen täglich produzieren, drehte sich Pascal um. Seine Augen suchten und fanden ... Maila. In voller Fahrt auf dem Kettenkarussell. Maila schaukelte in ihrem Sitz, drehte sich vor und zurück, juchzte, lächelte. Lächelte ganz wundervoll, wie Pascal fand. Auch wenn sie dabei hoch in die Luft sah. Und nicht zu ihm.

»Hier, dein Gewinn.« Der Typ mit dem Schnauzbart zeigte sich als guter Verlierer und hängte Pascal ein riesiges Lebkuchenherz um den Hals. »Und lass dich nie wieder hier blicken«, knurrte er ihm dabei ins Ohr.

Mit dem unguten Gefühl, dass »Wie gewonnen, so getragen« heute wohl auch für ihn galt, besah sich der Junge das Herz. Es war fett mit »KÜSS MICH« beschriftet.

Wie überaus passend.

Pfannkuchen folgte, begleitet von einem Kräutertee, der, wie Mars fand, schmeckte, »als ob jemand seine Füße darin gebadet hätte«.

Noch ein Schießstand, noch ein präsidentieller Versuch auf den Schalke-Krug, noch ein in dieser Form so nicht gewünschter Treffer. Diesmal handelte es sich um ein gelbes Plastiksaxofon mit grünen Tasten. Nein, Protest war zwecklos. Regeln sind Regeln. Also um den Hals damit.

Ein Schälchen gedünsteter Champignons später standen sie staunend vor »Ohlsens Hammer«: einer Art gigantischer Schiffschaukel, die rund und rund und rund ging, dass es einem nur vom Zuschauen schon schwummerig werden konnte.

Pascal mochte sich täuschen, doch es kam ihm so vor, als ob die Fahrgäste von »Ohlsens Hammer« lauter und entsetzter schrien als die aller anderen Fahrgeschäfte zusammen.

Das, wurde beschlossen, sollte der Höhepunkt des Abends werden.

Zur langsamen Einstimmung, wie es hieß, ging es erst mal auf die Achterbahn. Mit Doppellooping. Pascal wollte noch eben rasch aufs Klo, doch da hatte ihnen Schwatzbacke schon Tickets geholt und Nuts die vordersten Plätze in einem der Wagen gesichert. Kaum, dass sich die Haltebügel geschlossen hatten, ging es scheinbar unendlich lange sehr, sehr steil sehr, sehr hoch. Eine wirkliche Prüfung für einen Magen, in dem eh schon die unterschiedlichsten Nahrungsgruppen miteinander im Clinch lagen. Und für eine Blase, die sich anfühlte wie ein viel zu hart aufgepumpter Fußball. Dann, wie das so ist, ging es wenn möglich noch steiler wieder runter und durch den erwähnten Doppellooping. Alles, aber auch wirklich alles, was Pascal an diesem Tag zu sich genommen hatte, drängte verschiedenen Ausgängen zu, Ohren eingeschlossen. Eine Reihe nicht enden wollender scharfer Kurven und ein paar Hügel und Wellen schlossen sich an, und als die Fuhre endlich zum Stillstand kam, war Pascal wie ein Blitz aus dem Wagen und sah sich panisch um.

Da! Da war er, der Toilettenwagen. Und davor … eine Warteschlange! Doch nur vor der Damentoilette, dem Himmel sei Dank! Pascal rannte, rannte auf die Treppe zum Herrenklo zu und bremste dann abrupt. Vorn in der Warteschlange stand ein Mädchen mit einer blauen Basecap, aus der hinten keck ein blonder Pferdeschwanz herauslugte.

Maila!

Und von Victoria war weit und breit nichts zu sehen. Also was nun? Was tun? Hingehen und fragen: »Musst du auch …«? Undenkbar. Obendrein hielt er selbst es nicht länger aus, und da verschwand Maila auch schon durch die Tür, und Pascal hastete die Treppe hoch, nestelte das Geldstück für die streng dreinblickende, weiß bekittelte Matrone aus der Tasche, warf es auf den Teller, dann war er drin.

Wenn er sich beeilte … Und beeilen musste er sich, es gluckerte ihm buchstäblich schon in den Ohren … Wenn er sich beeilte … Rasch das blöde Lebkuchenherz auf den Rücken geschleudert … Wenn er sich beeilte … Doch dazu musste er erst mal den verdammten Reißverschluss aufkriegen … Wenn er sich beeilte … Klemmte, das Ding. Warum klemmen Reißverschlüsse immer in Momenten wie diesen? Ausgerechnet in Momenten, wo alles kurz vor knapp steht, wo man spürt, es könnte passieren, dass man … Es könnte passieren, dass … Es könnte passieren … PASSIEREN – mit einem Aufschrei riss Pascal sich die Hose am Stück bis in die Kniekehlen und … atmete das erste Mal seit zwei Minuten wieder aus. Beeilen, jetzt. Er würde sie ansprechen, irgendwie. Irgendwas zu ihr sagen, sie zu irgendetwas einladen, locker bleiben, sie irgendwie zum Lachen bringen … Doch all die Cola, das Wasser, die Apfelschorle, der Milchshake, all die Getränke, die nötig geworden waren, das ganze Essen runterzuspülen, bis hin zu dem verdammten Kräutertee, all das brauchte seine Zeit. Und brauchte und brauchte.

Endlich fertig – Reißverschluss plötzlich kein Problem mehr, natürlich –, raus und … keine Maila. Vielleicht war sie ja noch drin? Vor dem Spiegel? Frauen brauchen manchmal Stunden im Bad, da könnte es doch sein …? Pascal riskierte einen raschen Blick durch die offene Tür und spürte eine Hand an seinem Ohr. Die Matrone! Sie zog ihn am Ohr wie einen Erstklässler! Was um alles in der Welt hatte sie gedacht, was er da erspähen wollte? Sie und die komplette Warteschlange von Mädchen und Frauen, die jetzt alle quietschten und mit dem Finger auf ihn zeigten?

Glühend vor Empörung und, na ja, der Peinlichkeit des Ganzen machte Pascal das Einzige, was ihm blieb. Er flüchtete, verfolgt von Kussgeräuschen. Das blöde Lebkuchenherz!

Keine Maila weit und breit. Und das war, im Moment zumindest, ein Segen.

Nuts, Mars und Schwatzbacke standen beim Eis an. Die Schlange war recht lang, denn heute gab es, wie ein Schild verriet, »Doppelportionen zum einfachen Preis«. Pascal las es und wusste, wenn er jetzt auf den ganzen Kuddelmuddel in seinem Magen noch eine Doppelportion Eis legte, würde es ihm sofort wieder hochkommen, aus sämtlichen Ausgängen, Ohren eingeschlossen.

Also machte er kehrt, ehe ihn die drei entdeckten.

Etwas unentschlossen stromerte er die Budengasse hinunter, als sein Handy in seiner Hosentasche aufknurrte.

Eine SMS. Von Leo.

na, heute schon
geknutscht? ich ja!
die mädels hier in
schottland sind

Pascal presste »Löschen«, bis das Display wieder leer war. Es interessierte ihn einen Furz, wie die Mädels in Schottland waren! Mit einem leichten Ingrimm ging er weiter, und wäre ihm in diesem Augenblick Maila über den Weg gelaufen, er hätte sie angesprochen, selbst wenn Victoria noch so hochnäsig danebengestanden hätte.

Stattdessen lenkte ihn ein Tumult ab. Bei Trigger-Hugos Schießbude heulte eine Sirene, und Hugo bimmelte eine Glocke, und eine Menschentraube umstand – Joe.

»Der absolute Hauptgewinn!«, jubelte Hugo, und Pascal beeilte sich, näher zu kommen. Hatte der Präsi endlich seinen Schalke-Bierkrug geschossen?

Er hatte nicht.

»Der absolute Hauptgewinn! Der Preis aller Preise! Kommt Leute und lasst uns den glücklichen Gewinner feiern! Das gibt es nur bei uns!«

Pascal drängte sich durch die Menge, bis er neben dem glücklichen Hauptgewinner stand, der mittlerweile ziemlich genervt dreinblickte.

Endlich, nach weiteren zwei Minuten Tamtams, bückte sich der Inhaber, zog ihn hervor und überreichte ihn feierlich, den Preis aller Preise: einen ekelhaft rosaroten Teddybären aus allergemeinstem Plastikplüsch, fast so groß wie sein neuer Besitzer und mindestens doppelt so dick.

Die Menge johlte und applaudierte, und Joe legte Pascal mit gequältem Grinsen den Arm um den Hals. »Du kriegst von mir, was du willst«, knurrte er ihm ins Ohr, »wenn du vergisst, was du gerade gesehen hast und mich dieses Monstrum hier in den Fluss schmeißen lässt.«

Pascal musste ihn erinnern, dass Regeln Regeln sind, was Joe mit ein paar wirklich kräftigen Kraftausdrücken kommentierte.

Den Teddy mit dem Gesicht im Dreck hinter sich her schleifend, bahnte er ihnen einen Weg aus der Menschenmenge. Doch schon nach nur wenigen Schritten hielt er ruckartig wieder an.

Keine zwanzig Meter vor ihnen stand ein riesiger Kerl breitbeinig mitten im Weg, die Arme verschränkt, sodass die Muskelpakete daran noch dicker wirkten. Nicht, dass es nötig gewesen wäre. Er trug eine Kutte auf bloßer Haut und eine schwarze Lederhose. Seine Füße steckten in genieteten Stiefeln mit blankgeputzten Stahlkappen vorne dran. Ohne die anderen Kirmesbesucher auch nur im Geringsten zu beachten, sah er unverwandt und mit herausfordernder Miene genau zu ihnen herüber.

»Kennst du den?«, fragte Pascal.

»Klar.« Joe zog den Mund schief. »Das ist Charly. Der Präsident der Stormfuckers. Siehst du die Heinis da rechts am Bierstand? Das ist sein Haufen.«

Auf den ersten Blick ungefähr zehn oder zwölf zottelmähnige Typen mit Clubabzeichen auf ihren Kutten standen da am Tresen und tranken Bier aus großen Humpen. Dann bemerkten sie Joe und Pascal und wandten sich, einer nach dem anderen, zu ihnen um. Mit lauernden Mienen. Vom Anblick und vom Auftritt her wurden die Stormfuckers ihrem Ruf als gefährliche Bande schon mal vollauf gerecht.

Und es gab kein Ausweichen. Charly beherrschte die Budengasse wie ein Denkmal einen Kreisverkehr. Sein Blick ruhte auf Joe wie ein Radarstrahl. Irgendwie konnte der Präsi einem jetzt wirklich leidtun, in dieser Aufmachung, mit der bekloppten Mütze auf dem Kopf, dem Kindersaxofon um den Hals und, zu allem Überfluss, auch noch diesem riesigen rosaroten Plüschteddy an der Hand ... So ausstaffiert einem Konkurrenten mit reichlich Verstärkung im Rücken entgegentreten zu müssen, ähnelte verdammt dem Beginn eines Spießrutenlaufs.

»Soll ich losrennen und die andern holen?«, flüsterte Pascal, doch Joe winkte ab.

»Mit dem Blödmann werde ich schon allein fertig«, sagte er.

Pascal schluckte trocken. Mut ist etwas Bewundernswertes. Doch was der Präsi da gerade gesagt hatte, klang in Pascals Ohren wie der Satz »Heute versuch ich's mal ohne Schirm« eines Mannes, der sich in viertausend Metern Höhe aus einer offenen Flugzeugtür lehnt.

Joe ging die letzten paar Schritte und baute sich vor Charly auf.

Die beiden Präsidenten starrten einander in die Augen, der eine hoch, der andere runter, und schwiegen sich vielsagend an. Die übrigen Stormfuckers hatten ihr Gegröle eingestellt und warteten.

Bis auf einen. Eine lange hagere Gestalt mit fast schon gänzlich ergrauten Haaren und ungesund rotem Gesicht löste sich von den anderen an der Theke und kam zu ihnen herübergewankt, einen Halbliterkrug in der Rechten. Besoffen. Unangenehm besoffen.

»Noch mal schickt ihr uns nicht nach Hause«, spuckte er. »Eher klopf ich dir hiermit was auf die Mütze, Zucchini.« Und er schüttelte den Bierkrug.

Ohne auch nur die Miene zu verziehen packte Charly den Typen beim Genick, drehte ihn um und schubste ihn dann energisch zurück zu seinen Kumpels.

»Wer hier wann oder womit was auf die Mütze kriegt, bestimme immer noch ich, Skinny. Kapiert?«

Bei Pascal setzte die Atmung wieder ein. Vielleicht, dachte er sich, vielleicht geht die Geschichte hier doch noch glimpflich ab. Dieser Charly schien zumindest nicht allzu bösartig zu sein.

»Und nun zu uns«, wandte der sich an Joe und zog ein Gesicht dazu, das man jetzt doch, beim besten Willen, nicht anders als bösartig bezeichnen konnte. »Ich habe es dir schon mal gesagt, und glaub mir, ich wiederhole mich nur ungern, aber diese Kirmes ist zu klein für uns zwei!«

In einem Western wäre es jetzt mit einem Schlag totenstill geworden, die Leute hätten sich panisch in ihre Häuser geflüchtet und die beiden Kontrahenten alleine zurückgelassen, während langsam eine schicksalsschwere Melodie einsetzte, eine raue, tragische Mundharmonika womöglich ...

Hier aber ging das Gebimmel und Geschrammel und Gekreische und das Getrappel von tausend Füßen um sie herum einfach weiter, als wären die unheilschwangeren Worte nie gesprochen worden.

»Soll das eine Herausforderung sein?«, fragte Joe.

»Was glaubst'n du?«, gab Charly zurück. »Ein Heiratsantrag?«

»Ihr müsst kommen!«, schrie Pascal, »und zwar schnell! Joe und Charly wollen sich duellieren!« Die drei Zucchinis sahen abrupt von ihren Eisbechern auf. »Der von den Stormfuckers«, sagte er noch, eine Erklärung, der es offensichtlich nicht bedurfte.

»Oooh-ha!« Nuts machte ein finsteres, sorgenvolles Gesicht.

Schwatzbacke schnaubte durch die Nase. Mars schnalzte mit der Zunge.

»Wer hat wen herausgefordert?«, wollte er wissen.

»Charly den Joe.«

»Gut«, fand Nuts.

»Gut?« Pascal verstand nicht ganz.

»Ja, so hat Joe die Wahl der Waffen.«

»Waffen?«

Die Zucchinis erhoben sich und ließen ihr Eis einfach stehen. Pascal wies ihnen den Weg.

»Ja klar«, erklärte Mars. »Der Herausgeforderte hat die Wahl. Ich kann nur hoffen, er wählt nicht Schießen.«

Schießen? Wieder meinte Pascal die jammernde Mundharmonika zu hören, die leere Straße zu sehen, die beiden Duellanten, zwanzig Schritte auseinander im Licht der untergehenden Sonne ...

»Schießen?«, fragte er, nur um sicherzugehen.

»Hoffentlich nicht! Das wäre das Ende. Joe hält sich zwar für einen zweiten Jesse James aber ... Na, du hast ihn ja an der Schießbude erlebt.«

Vor Pascals geistigem Auge fummelte Joe umständlich seinen Sechsschüsser aus dem Holster, ließ ihn fallen, grapschte danach, rappelte sich wieder auf, zielte kurzsichtig blinzelnd über einen in Achten rotierenden, zitternden Lauf ...

»Aber vielleicht können wir das Schlimmste noch verhindern! Mit ein bisschen Glück ist es noch nicht zu spät!«

In dem Film in Pascals Kopf griff Joe sich getroffen an die Brust, verdrehte die Augen, sank auf die Knie und fiel schließlich mit dem Gesicht voran in den Staub ...

»Ja«, sagte Nuts und eilte ihnen mit langen Schritten voraus, »ich wäre nämlich gerne noch ein Weilchen geblieben.«

War das seine einzige Sorge? Pascal stellte sich vor, wie sie den leblosen Joe davonschleiften und Nuts sich dabei lauthals beklagte, er hätte lieber noch ein bisschen im Saloon gehockt, anstatt ausgerechnet jetzt ein Grab schaufeln zu müssen.

Irgendwas stimmte hier nicht. Er blickte fragend von einem zum anderen.

»Wer verliert, muss mitsamt seinem ganzen Verein sofort und widerspruchslos die Kirmes verlassen«, sagte Mars. »Hast du das nicht gewusst?«

Nein, hatte er nicht. Aber jetzt verstand er die Bemerkung von eben, von diesem Typen namens Skinny.

Charly und Joe standen am Tresen und tranken ein Bier zusammen, wie alte Kumpels, den Teddy auf einem Hocker neben sich. Pascal verstand überhaupt nichts mehr.

»Deiner?«, meinte Nuts denn auch als Erstes zu Joe und wischte dem Plüschbären ein bisschen Schmutz von der Nase. Ganz so, als gäbe es im Augenblick nichts Wichtigeres zu besprechen. »Und«, fuhr er im Plauderton fort, »wie wollt ihr's ausfechten?«

Joe atmete tief durch, nahm einen kräftigen Schluck und stellte das Glas sorgfältig auf die Theke. »Mit Ringen«, gab er völlig ungerührt bekannt.

Was? Womit? Mit Ringen? Schwergewicht gegen Federgewicht? Wie sollte das wohl ausgehen? Nahm jemand Wetten an? Dieser Charly würde ihren Joe am Kragen packen, ihn von den Füßen rupfen, auf den Boden pfeffern, ihm einen seiner großen Stiefel auf die Brust pflanzen, und dann könnten ihn die Zucchinis aus dem Dreck klauben und den Heimweg antreten. Keine Frage, der Abend war gelaufen.

»Mit Ringen«, echote Mars.

»Nu«, meinte der Präsi vergnügt, »wo ich einmal die Wahl hatte ... Klar habe ich zuerst mit dem Gedanken gespielt, ihn im Armdrücken fertigzumachen, doch dann habe ich mir gesagt:

Lass ihm zumindest eine Chance. Nimm etwas, bei dem es nicht nur auf Kraft alleine ankommt ...«

»Ich muss gleich weinen«, knurrte Charly. »Vor Rührung.«

»Und«, fragte Nuts, »worum werft ihr?«

Werfen? Pascal wurde das Gefühl nicht los, irgendwie nicht ganz mitzukommen. »Was denn werfen?«, fragte er.

»Na Ringe«, antwortete der Präsi mit mühsamer Geduld. »Hast du nicht zugehört? Wir werfen Ringe, der Charly und ich, und zwar um die große Chiantipulle, und wer sie als Erster an Land zieht, hat gewonnen. Ist doch sonnenklar, oder?«

Ja, das war es plötzlich. Und er hatte gedacht ... Pascal nahm den Teddy vom Hocker und setzte sich erst mal.

Hoffentlich hatten die anderen nicht gemerkt, dass er sich fast ins Hemd gemacht hatte! ... Etwas steif drehte er den Kopf ein wenig und lugte aus den Augenwinkeln. Nuts lugte zurück. Sein Grinsen sagte alles. Doch er selbst sagte nichts. Gott sei dank.

Der Stand war rund und nach allen Seiten offen. Ein Typ in einem gestreiften Hemd kassierte das Geld, teilte die Ringe aus und sammelte sie im Anschluss an die mehr oder weniger missratenen Würfe mittels einer langen Stange wieder ein.

Zu gewinnen gab es nur idiotischen Kram wie einblättrige Topfpalmen, grausliche Blumenvasen, vor Kitsch triefende Statuen und eben diese entsetzlich hässliche Chiantiflasche mit dem meterlangen, gedrehten Hals. Sie stand genau in der Mitte, und um sie warfen Joe und Charly abwechselnd, und das schon eine ganze Weile.

Die Krux war, dass es nicht genügte, die Flasche zu treffen, sondern der Ring musste ganz an ihr hinunterrutschen und – das hatte man sich fein ausgedacht – auch noch über den viereckigen Sockel darunter. Irgendwie wollte das nicht gelingen.

Auf beiden Seiten des Standes wurde nach jedem Wurf unter heftigem Gemurmel neu über Strategie und Technik konferiert.

Joe wurde immer nervöser, denn sein Gegenspieler hatte bereits fünf Treffer zu vermelden. Nur bis ganz unten war der Ring noch nie gefallen, was die Stormfuckers aber nicht daran hinderte, sich schon als die sicheren Sieger aufzuführen.

Pascal hatte sich bis dahin mit Ratschlägen zurückgehalten und stattdessen die Werfer scharf beobachtet. Eines, war er sich sicher, machten beide falsch: Sie versetzten den Ring nicht genug in Drehung.

Doch als er Joe den Tipp zuraunen wollte, versuchte dieser es gerade »von unten heraus und mit Schmackes« und hörte nicht zu.

Im nächsten Augenblick war es für gute Tipps so oder so zu spät, denn der Präsi schlug sich von unten heraus und vor allem mit Schmackes an der stählernen Thekenkante die Hand an. Mit verzerrtem Gesicht, Luft zwischen zusammengebissenen Zähnen durchsaugend, lief er im Kreis herum, die schmerzende Pfote unter einen Arm geklemmt. Die Zucchinis sahen ihm betroffen zu, während sich die Stormfuckers vor Schadenfeude in die Windeln zu machen drohten.

Nur ihr Chef kam mit ernstem Gesicht herüber. »Schlimm?«, erkundigte er sich.

Joe stöhnte fluchend und wollte keinen an sich heranlassen. Erst nach längerem gutem Zureden zog er langsam die Hand unter dem Arm hervor und gab sie mit ängstlich abgewandtem Gesicht zur Begutachtung frei. Soo furchtbar schlimm sah sie eigentlich gar nicht aus, aber vielleicht war ja drinnen was kaputt, wer wollte das wissen? Außerdem blutete sie ein bisschen, deshalb entschied Mars, Joe solle damit lieber mal zum Sanitätszelt gehen. Sofort begann Schwatzbacke, seinem Präsidenten einen Weg durch die Menschenmassen zu bahnen, und weg waren sie.

»So«, meinte Charly. »Dann können wir ja weitermachen. Wer springt für eure Heulsuse ein?«

Und rätselhafterweise richteten sich alle Blicke plötzlich auf Pascal. Der kam sich total überrumpelt vor. Was, wenn sie durch seine Schuld verlören? Er sah zu Nuts.

Der kniff die Augen zu Strichen zusammen. »Wenn wir wegen dir nach Hause müssen«, knurrte er, »schruppe ich dir eigenhändig mit unserer Klobürste die Zähne.«

Sehr nett. Er sah zu Mars.

Mars lächelte dünn. »Und wir machen dich noch mal mit Digger bekannt«, versprach er. »Offiziell.«

Sehr ermutigend. Doch, der Junge sah der kommenden Aufgabe völlig unbeschwert entgegen.

Charly warf einen Ring, der an einem Schnörkel des Flaschenhalses hängen blieb. Sein sechster Treffer. »Ihr seid dran!«, rief er und rieb sich die Hände in der schönen Gewissheit, immer besser zu werden.

Pascal schluckte trocken. Alle Augen waren auf ihn gerichtet.

Sein heißer Tipp von eben kam ihm plötzlich gar nicht mehr so heiß vor. Und es rächte sich jetzt, dass er viel zu viel gegessen hatte. Alles an ihm war träge, unbeweglich. Arme aus Blei hingen an seinen Seiten, der Ring in seiner Hand schien nur ein centgroßes Loch in der Mitte zu haben und der Hals der Chiantiflasche tanzte irgendwo in der Ferne übermütig herum. Die Stormfuckers auf der anderen Seite des Standes schrien und gestikulierten, um ihn verrückt zu machen.

»Schmeiß daneben«, raunte es hinter ihm, »und wir schmieren dir diese kleine Episode für den Rest deiner Tage aufs Brot.«

»Außerdem stecken wir Frau Gallig und dem Brüllaffen, wer ihnen die Briefkästen ausgeschäumt hat.«

»Und denk an die Klobürste.«

Plötzlich war Pascal ganz ruhig. Die konnten ihn doch alle mal. Seine Ohren horchten nur noch nach innen, seine Augen sahen nur noch die Flasche, seine Hand war sicher und fest und zwirbelte den Ring genau so, wie er sich das vorher ausgedacht hatte, und dann flog der Ring durch die Luft, und er hatte keinen Einfluss mehr auf das weitere Geschehen. Er sah weg. Klingelllingelllingelllingelllingelackeldidackeldidack.

Schweigen.

Und dann brach hinter ihm Jubel los, während von gegenüber halbherzige, maulige Proteste hinüberkamen. Pascal sah nach dem Ring. Sauber bis auf den Boden hinuntergekreiselt. Der Typ mit dem gestreiften Hemd turnte schon zwischen den anderen Preisen herum, um ihnen die Flasche zu holen. Die Stormfuckers zogen lange Gesichter. Nur Charly zuckte schief grinsend die

Achseln und zeigte ihm dann den erhobenen Daumen: Glückwunsch.

»Was ist los, was ist los, haben wir gewonnen?« Der Präsi war schon wieder da, mit einem Pflaster auf der Hand. »Damit haben die mich abgespeist«, schimpfte er. »Pflaster drauf und behauptet, es sei alles in Ordnung, diese Metzger! Aber was ist los, ihr grinst so, ist die Sache etwa schon gelaufen?«

Darauf zu antworten war gar nicht nötig, denn Pascal nahm gerade die Trophäe entgegen. Aus der Nähe betrachtet war sie noch größer und noch hässlicher, und sie wog bald einen halben Zentner. Ihm dämmerte, dass es gleich heißen würde: »Wer trifft, muss schleppen«, doch das konnte sein Gefühl nicht trüben, so was wie der Held des Abends zu sein.

Gottverdammmich! Wenn er das Leo und Kalle erzählte! Ganz allein die berüchtigten Stormfuckers besiegt!

Jeder weiß, dass es schlechte Verlierer gibt. Weniger bekannt ist die Existenz von schlechten Gewinnern.

Pascal musste zu seinem Erstaunen feststellen, dass die Zucchinis, allen voran Nuts und Joe, zu dieser Sorte gehörten. Sie verhöhnten die Stormfuckers lautstark, sie grimassierten, sie produzierten eine erstaunliche Vielfalt aufreizender Gesten. Nuts konnte von Mars und Schwatzbacke nur knapp daran gehindert werden, den Verlierern seinen nackten Hintern zu zeigen. Und Pascal, es ihm nachzumachen. Denn diese schamlose Schadenfreude wirkte äußerst ansteckend.

All das erinnerte aber auch nicht wenig an einen Tanz auf dem

Vulkan. Denn die Stormfuckers wirkten jetzt ernsthaft sauer. Und sie waren den Zucchini Brothers zahlenmäßig haushoch überlegen. Von einem Moment auf den anderen war es fraglich, ob sie tatsächlich abziehen würden. Doch aller Provokationen zum Trotz hielt sich ihr Präsident an die Vereinbarung. Er drohte zwar noch mal mit der Faust und grollte ein vielsagendes »Nächstes Mal ...«, aber dann begannen er und seine Leute sich zu trollen. Mürrisch zwar, aber immerhin. Alle, bis auf einen.

Skinny, der lange, früh Ergraute, schloss sich nur äußerst widerwillig seinen abziehenden Kumpels an. Pascal behielt ihn scharf im Auge, und deshalb war er es auch, der »Achtung!« schrie, als sich dieser fiese Hund plötzlich umdrehte und seinen Bierkrug mit voller Wucht in ihre Richtung schleuderte.

Joe, der mit dem Rücken zu Skinny gestanden hatte, hörte nur »Achtung!«, schaute sich um und sah den Krug auf sich zufliegen. So nah, dass an ein Ducken eigentlich gar nicht mehr zu denken war. Und er hätte das Ding auch garantiert an den Kopf gekriegt, wenn nicht ...

Tja, schwer zu beschreiben. Wenn nicht Schwatzbackes Hand plötzlich die Flugbahn unterbrochen hätte. Nicht verlangsamt, nicht abgeändert, sondern unterbrochen. Zack und aus. Gerade noch lässig mit dem Daumen in die Gürtelschnalle eingehängt, stoppte sie nur eine Nanosekunde später den schweren Glaskrug keine Handbreit vor Joes schreckensbleicher Nase. Und das mit einer Mühelosigkeit, als hätte es sich um nichts Massiveres als ein Papierknäuel gehandelt.

Alles starrte noch entgeistert, da machte es auf der anderen

Seite des Standes PAFF!, und Skinny verschwand von der Bildfläche. Er tauchte erst wieder auf, mit allen fünf Fingern von Charlys Rechter quer über das Gesicht abgemalt, als ihn zwei von seinem Verein hochhoben und auf den Hacken wegschleiften.

»Das dürfte Skinnys letzter Tag bei den Stormfuckers gewesen sein«, kommentierte Mars ohne Bedauern.

»Mensch, Joe«, jubelte Nuts plötzlich, »heute ist aber echt dein Glückstag! Erst diese schöne Mütze gewonnen, dann das tolle Saxfon, schließlich diesen knuffigen Teddy, und jetzt – schau doch mal!«

Joe guckte, und die Farbe kehrte in seine Züge zurück. »Ha!«, feixte er, »wusst ich's doch, dass ich ihn kriege!« Und er nahm Schwatzbacke den Bierkrug ab, dem er gerade nur um Haaresbreite entronnen war, und hielt ihn hoch, damit alle die Beschriftung lesen konnten.

Blau und deutlich stand da: »SCHALKE 04«.

Das musste gefeiert werden, und das wurde gefeiert! Pascal fand sich auf Schwatzbackes und Nuts' Schultern wieder und wurde im Triumph einmal um den Stand herumgetragen. (Er renkte sich fast den Hals aus, aber eine bewundernd zu ihm aufblickende Maila war nirgendwo zu erspähen.) Anschließend ging es in den Biergarten, wo die Jungs sich jeder einen halben Liter gönnten und Pascal, nicht unbedingt zu dessen ungeteilter Freude, die gleiche Menge Cola.

Dann wurde es langsam Zeit, sich »Ohlsens Hammer« zu nähern, wollte man den noch vor dem Feuerwerk hinter sich bringen.

Unterwegs kam man am Autoscooter vorbei.

Pascal, schon in innerer Vorbereitung auf das Ungetüm von hammerförmigem Fahrgeschäft, warf erst kaum einen Blick drauf. Dann doch. Dann richtig. Er blieb so abrupt stehen, dass Schwatzbacke in ihn hineinlief.

Maila!

Maila verließ gerade den Ticketschalter des Autoscooters. Zwar in Begleitung der hochnäsigen Victoria, doch das war jetzt auch egal. Alles war egal, auch die albernen zucchinischen Spielregeln. Schwatzbacke staunte nicht schlecht, als er plötzlich ein mit »Küss mich« beschriftetes Lebkuchenherz plus eine ellenlange Chiantiflasche in Händen hielt. Pascal war schon am Schalter und erstand eine dieser Plastikmünzen, mit denen man die Autoscooter startet.

Zack!, saß er in einem davon, Münze über dem Schlitz, Maila im Blick. Die diskutierte noch mit Victoria – was gab es da zu diskutieren? Welche Farbe die Karre haben sollte? Dann war eine Runde zu Ende, alles stieg aus oder ein, auch die beiden Mädchen. Klack!, Münze rein.

Er würde sie nur leicht rammen, entschied Pascal, und dabei irgendwas Nettes rüberrufen, vielleicht wie er hieß und ob man nicht mal –

»Bitte zurücktreten«, schallte es aus den Lautsprechern, und Nuts ließ sich neben ihn in den Sitz fallen.

»Vollgas!«, überbrüllte er die dröhnende Musik.

Pascal trat drauf.

Maila und Victoria kamen nicht vom Fleck. Ihr Wagen stand

noch auf Rückwärtsfahrt, mit dem Hintern zur Bande, darum kamen sie nicht voran. Das war seine Chance! Sofort steuerte er auf sie zu. Man musste das Lenkrad nur einmal ganz herumdrehen, das würde er ihnen jetzt zeigen und –

Noch während er die Fläche kreuzte, noch während die Mädels, gestrandet am Rand, mit der Technik haderten, noch bevor sie auch nur einen Meter zurückgelegt hatten, fuhren ihnen schon zwei Jungs mit voller Wucht in die Seite! Und sie stiegen aus! Maila und Victoria stiegen aus, stinkwütend, meckerten die Jungs an, die nun, dämlich grinsend, ebenfalls ausstiegen. Während ihm nichts anderes blieb, als zuzuschauen.

»Es funktioniert doch immer wieder«, stellte Nuts fest. »Na, uns bleibt immerhin die Jagd auf die andern. Los, gib Gas, da vorne ist der Dicke!«

Pascal trat drauf, und sie schafften es tatsächlich, neben Schwatzbacke zu ziehen und ihn so in eine Reihe stehender Wagen zu drängen, dass er mit der Stirn gegen das Lenkrad schlug. Nuts jubelte und schrie »Noch mal!«, doch Pascal war nicht richtig bei der Sache.

Jetzt unterhielten sie sich auch noch mit den Typen! Dabei waren die bestimmt schon fünfzehn!

Ein Ellbogen traf ihn in die Rippen. »Joe und Mars! Da!«

Der Präsi lenkte, während Mars danebensaß.

»Los, rammen, entern und versenken!«, kommandierte Nuts. »Schwung holen und dann von der Seite!«

Pascal trat das Pedal ins Bodenblech und steuerte sie durch den Verkehr, ohne auch nur ein bisschen an Tempo zu verlieren,

bevor er dem Wagen des Präsi in die Seite krachte, dass dem nur so die Mütze vom Kopf flog.

Nuts war hellauf begeistert und nannte ihn den »Michael Schumacher der Jahrmärkte«. Wie ihn der Präsi nannte, lässt sich unmöglich wiedergeben.

Da war auch schon Schluss mit der Runde.

Und Maila und Victoria und die beiden Typen waren in der Nacht verschwunden. Ein komisches, knetendes Gefühl packte Pascals Magen.

Die Schlange vor »Ohlsens Hammer« war lang. Das gab einem eine Menge Zeit, darüber nachzudenken, ob man dabei war, das Richtige zu tun.

Pascal lauschte den entsetzten Schreien von Ohlsens Fahrgästen und sah in ihre grüngelbgrauen Gesichter, wenn sie auf wackeligen Beinen ausstiegen. Seine Zweifel wuchsen. Und das komische, knetende Gefühl, das wuchs auch.

Eine neue Fuhre wurde eingeladen. Sie rückten vor und standen nun direkt an der Sperre. Die letzte Gelegenheit, sich die Sache noch mal zu überlegen war da. Hoch über ihnen hielt der Hammer an, und alle, die drinsaßen, hingen jetzt mit den Köpfen nach unten. Der Mann, der das Ding bediente, dröhnte über Lautsprecher: »So, Leute, ich mach jetzt Feierabend. Tschö, bis moin!«, und löschte alle Lichter. Ein paar der Umstehenden lachten etwas unsicher. Von oben kam nicht ein Ton.

Nuts sagte: »Zumindest diese fiesen Würstchen hätten wir weglassen sollen.«

Schwatzbacke sagte: »Oder die Erbsensuppe.«

Mars sagte: »Alles kein Grund, einfach die Pommes rot-weiß ausfallen zu lassen.«

Joe sagte: »Erinnert ihr euch, wie ich letztes Jahr geschworen habe, das sei meine letzte Kirmes gewesen?«

»Genau wie vorletztes Jahr«, sagte Mars.

»Und das Jahr davor«, sagte Nuts.

»Diesmal ist es mir ernst«, sagte Joe. »Übrigens, wo treffen wir uns, wenn das Ding hier mit uns fertig ist? Hinter dem Sani-Zelt, wie immer?«

»Wie immer!«

Joe und Pascal saßen sich gegenüber, als die Haltebügel arretiert und die Käfigtüren geschlossen wurden. Man sah ihnen an, dass sie das Gleiche dachten, nämlich: »Hoffentlich behalte ich's bei mir. Und hoffentlich der andere auch.« Ganz oben und ganz unten wäre es ja noch nicht einmal so tragisch gewesen, doch auf halber Höhe befand man sich genau senkrecht über beziehungsweise unter dem anderen, von Angesicht zu Angesicht ...

Der Sprecher begrüßte sie mit einem herzlichen »Ja, Kinderchen, was habt ihr denn heute so alles gegessen? Das wollen wir doch mal sehen!« Und die Maschine setzte sich in Bewegung. Joe und Pascal sahen einander an wie Verdammte.

Es war, als ob man in einen Spiegel schaute: Erst wurde das Gegenüber weißlich, dann gräulich, dann grünlich. Ganz oben, kopfüber, standen ihm die Haare zu Berge, beim Abschwung hingen sie ihm ins Gesicht oder flatterten hinter seinem Kopf herum. Und die Fahrzeit war noch nicht halb vorbei, da bekam es schon weite Augen und dicke Backen.

»Und noch 'ne Runde!«, jubelte der sadistische Sprecher. »Und noch eine, und noch eine, und noch eine dazu! Ist das nicht unbeschreiblich irre, Kinder? Hier kriegt man was geboten für sein Geld! Wollt ihr noch 'ne Zugabe?«

Pascal hätte am liebsten aus Leibeskräften »Um Gottes willen, nein!« gebrüllt, doch das ging nicht. Er hatte den Mund zu voll ...

Irgendwie schafften sie es. Irgendwie schafften es Pascal und Joe sogar die paar Schritte bis hinter das Zelt des Malteser-Hilfsdienstes. Und irgendwie schaffte Pascal es noch, das Lebkuchenherz rasch nach hinten auf den Rücken zu schleudern und sich weit nach vorn gebeugt mit einer Hand am Maschendrahtzaun festzukrallen. Doch dann gab es kein Halten mehr. Ausgerechnet als die ersten Raketen des Feuerwerks in den Himmel zu steigen begannen.

Erbrechen ist nichts Schönes. Und dabei beobachtet zu werden erst recht nicht. Sich obendrein Kommentare dazu anhören zu müssen, ist nun wirklich oberunangenehm. Und dann auch noch von …

»Igitt, sieh dir mal den an!« Victoria. Victoria Sanders. »Das ist

ja widerlich!«. »Widerlich« war einer ihrer Lieblingsausdrücke. Und Pascal, der weiterhin keuchte und spuckte, daran war im Moment leider nichts zu ändern, brauchte nicht den Kopf zu drehen, um zu wissen, mit wem Victoria sich da austauschte.

Warum hier? Warum jetzt? Wo waren die beiden gewesen, als er den Lukas gehauen oder eigenhändig die gesamten Stormfuckers nach Hause geschickt hatte?

Das Einzige, worüber er von Herzen dankbar war, war der Umstand, dass Victoria ihn offensichtlich nicht erkannte. Und das wiederum verdankte er seiner Mutter und dem Sweater, den sie ihm aufgedrängt und dessen Kapuze er sich gerade eben noch tief in die Stirn gezogen hatte.

»Sieh doch nur, was der dahinten auf dem Lebkuchenherz stehen hat!« Maila. Das war ihre Stimme, kein Zweifel.

»Küss mich!« Quietschend vor Vergnügen gingen die beiden Mädels weiter.

»Na, den knutscht heute bestimmt keine mehr«, hörte er Maila noch sagen.

Und damit, dachte er bitter, hat sich das Thema dann wohl fürs Erste erledigt.

Die anderen drei hatten es, wie es aussah, nicht bis an den Zaun geschafft. Sie blickten etwas betreten drein, während der Besitzer des Hammers anfing, die Plattform mit einem Feuerwehrschlauch abzuspritzen.

»Und lasst euch hier nicht wieder blicken!«, rief er den abziehenden Zucchinis hinterher.

»Dabei war er es doch, der unbedingt sehen wollte, was wir heute so alles gegessen haben«, murrte Nuts. »Manchen Leuten kann man's aber auch nie recht machen.«

»So ein Blödsinn«, schimpfte Pascal. »Alle gucken sich das Feuerwerk an, nur wir stehen da und göbeln.«

»Genau wie letztes Jahr«, sagte Nuts.

»Und das Jahr davor«, sagte Mars.

»Feuerwerk ist eh immer dasselbe«, meinte Joe und lachte sein keckerndes Lachen.

Die Fahrt zurück fiel um einiges ruhiger aus als die Hinfahrt. Trotzdem war Pascal noch nicht wieder hundertprozentig erholt, als ihn seine Mutter in Empfang nahm. Sie warf nur einen Blick in sein blasses Gesicht und schickte ihn schleunigst ins Bett.

Und diesmal widersprach er ausnahmsweise nicht.

Kapitel 4

Am Tag nach der Kirmes setzte Regenwetter ein und hielt sich und hielt sich. Pascal bekam solche Langeweile, dass er sich tatsächlich an seine Lateinübungen machte. So hatte er sich die Sommerferien aber echt nicht vorgestellt!

In der Post war eine Ansichtskarte für ihn. Sie zeigte Boote mit weißen Segeln im Sonnenschein auf einem blauen See. Alles recht idyllisch, wenn nicht jemand mit schwarzem Kuli einen stacheldrahtbewehrten Zaun vor die Aussicht gemalt hätte. Kalle.

> *Abgesehen von den Wachtposten mit den Maschinengewehren ist es echt geil hier im Lager,* schrieb er. *Superwetter. Wir gehen jeden Tag schwimmen, und die Mädels von Haus 17 veranstalten morgen in den Umkleiden ein Turnier. Sie wollen herausfinden, wer von unserem Haus der beste Küsser ist. Ha! Werd ich was zu erzählen haben, nach den Ferien!*
> *Hoffe nur, du auch!*
> *Schmeiß dich ran! Kalle*

Danke für den tollen Rat, dachte Pascal, dem die Angebereien seiner beiden besten Freunde gewaltig auf den Keks gingen.

Die Flying Zucchini Brothers machten das Beste aus dem miesen Wetter und veranstalteten das jährliche »Traditionelle Offizielle Flying-Zucchini-Brothers-Mittsommer-Mau-Mau-Turnier«.

Angesichts der Art von Wettbewerb, die Kalle bestritt, nahm Pascal nur mit gebremster Begeisterung teil.

Und seit seinen Kindergartentagen hatte er nicht mehr solch ein Gezänk erlebt. Nuts betrog unaufhörlich und auf tausend Arten und brachte vor allem den Präsi damit zur Weißglut. Es wurde hin und her geschrien, getobt, geflucht, gedroht. Es wurde mit den Fäusten auf den Tisch gehämmert und mit den Füßen auf dem Boden herumgetrommelt.

Trotz des ganzen Klamauks hätte wahrscheinlich Pascal das Turnier gewonnen, wenn der Abend nicht damit geendet wäre, dass Joe der Kragen platzte, er den Tisch umschmiss, und eine Entscheidung auf den nächsten Sommer verschoben wurde. Wie übrigens jedes Jahr, erfuhr der Junge später.

Und der Regen sank vom Himmel und zog Pascals Laune mit sich nach unten.

Kapitel 5

Dann, nach einer kleinen Ewigkeit, von einem Tag auf den anderen, endlich Sonne. Der Himmel riss auf, und in null Komma nichts war man mitten drin in einer Hitzewelle.

Ein Wetter fürs … Freibad!

Jeder, der bei einem Wetter wie diesem noch in der Stadt war, würde sich früher oder später ins Freibad verirren.

Jeder, beziehungsweise … jede …

Irgendwie war er sich total sicher, dass er Maila dort antreffen würde. Und er brauchte nicht an ihre rosigen Lippen zu denken, um sein Herz klopfen zu spüren.

Sollte er die Zucchinis fragen, ob sie mitkämen? …

Nein. Auf keinen Fall. Ihre Unterstützung war sicher nett gemeint, hatte bisher aber nur zu katastrophalen Ergebnissen geführt. Er mochte gar nicht daran denken, was er sich für das Kirmes-Feuerwerk vorgenommen hatte und was dann tatsächlich passiert war …

Diesmal, entschied er, gehe ich allein.

Er nahm den Bus, er kaufte eine Tageskarte, er schloss seine Klamotten ein, er breitete sein Handtuch irgendwo in der Nähe des Zauns aus, wo nicht ganz so viel Trubel herrschte.

Dann suchte er, unschuldig schlendernd und nach außen hin ganz entspannt, systematisch das ganze Freibad ab.

Heute würde er sie alleine erwischen, heute würde er sie ansprechen, mit ihr plaudern, schwimmen gehen, sie mit seinem Kopfsprung aus dem Handstand heraus beeindrucken, mit ihr die Handynummern tauschen und dann … weitersehen. Genau. Weitersehen. Auf alle Fälle weitersehen, das würde er.

Er umrundete das große Becken, das Nichtschwimmerbecken, das Sprungbecken.

Tausend Mädchen, doch die eine, sie war nicht dabei. Und er war sich so sicher gewesen! Doch nein. Keine Maila.

Dafür aber …

»Hey, Kurzer! Auch hier?« Nuts. Flankiert von seinen beiden Zucchini-Brüdern. Nuts wirkte trotz grellbunter Bermudashorts und seiner roten Sonnenbrille nicht recht in Stimmung. Er blickte mürrisch. Wie Pascal auffiel, waren die Kratzer und doppelreihigen Zahnabdrücke vom Kampf mit Digger immer noch nicht ganz abgeheilt.

»Ich bin nicht kurz!«, wehrte er sich automatisch. »Ich bin mittelgroß, für mein Alter!«

Nuts winkte verdrießlich ab. »Das hör ich von dem rothaarigen Wadenbeißer von morgens bis abends.«

»Pass auf, dass dich der rothaarige Wadenbeißer nicht gleich umschmiert«, warnte ihn Mars. Er hatte eine sportliche Badehose an und wirkte gut trainiert und fit. Und mehr als nur ein bisschen verärgert. Schwatzbacke dagegen stand ruhig und gelassen da. Er trug unterhalb seines nicht eben mickrigen, schwarz behaarten Bauches einen selbstverständlich schwarzen Badeslip mit dem unvermeidlichen Harley-Davidson-Wappen. Nur vorne drauf, wie Pascal sich mit einem Blick auf Schwatzbackes Kehrseite vergewisserte. Ein Harley-Wappen auf dem Hintern wurde wohl als unpassend empfunden.

»Ich wollte viel lieber an den Kanal«, maulte Nuts.

»Ja, ja, ja«, erwiderte Mars gereizt. »Wir wissen es. Aber du wurdest überstimmt, und jetzt finde dich damit ab.«

»Was die hier »Wasser« nennen, das besteht doch zur einen Hälfte aus Kinderpipi und zur anderen aus Chlor. Und mit Bademeistern hat man grundsätzlich immerzu nichts als Ärger.«

»Dafür gibt es hier haufenweise hübsche Schnecken und einen Sprungturm!« Mars hatte offenbar so langsam die Nase voll von Nuts' Gemäkel.

»An den Kanal hätten wir den Hund mitnehmen können.«

»Verdammt noch mal! Schon morgen fahren wir ja an den Kanal! Da haben wir doch vorhin erst drüber gesprochen!«

»Und viel zu voll ist es hier auch.«

»Hey«, bemühte sich Pascal, die Gemüter etwas zu beruhigen, »wollen wir nicht einen Wettbewerb machen? Vielleicht im Turmspringen?«

Mars blickte sofort interessiert.

»Woran hattest du gedacht?«

»Kopfsprung vom Dreier?« Aus dem Handstand, dachte Pascal. Das können die wenigsten.

»Plus Salto vom Einer?« Mars grinste, das schien seine Spezialität zu sein.

Pascal nickte. Salto konnte er auch. Anderthalbfach sogar. An guten Tagen.

»Dann los!«

»Pah, ein Meter, drei Meter!« Nuts schnaubte verächtlich, kam aber mit. »Das sind doch keine Höhen! Für Männer fängt der Turm bei zehn Metern erst an. Und außerdem gibt es für echte Kerle sowieso nur eine Disziplin. Was? Sag's ihnen, Backe!«

Schwatzbacke blickte ernst von einem zum anderen. »Die ... Arschbombe«, grollte er dann.

Pascal schlug sich vor die Stirn. Wenn es etwas gab, worauf die Bademeister hier absolut allergisch reagierten, dann waren das Arschbomben.

Am Sprungbecken angekommen, warfen die Zucchinis ihre Handtücher auf einen Haufen. Dann nahmen sie alle den Turm in Augenschein.

»Also, Kopfsprung vom Dreier zuerst?« Pascal war richtig heiß auf den Wettbewerb. »Jeder springt, und die anderen vergeben Noten von eins bis zehn.« Er konnte den Handstand in beiden Richtungen, also einmal mit dem Rücken, aber auch mit der Brust zum Becken, wofür man sich auf Händen stehend drehen muss. Auf der Spitze des Bretts. Das wagte kaum einer. Pascal war sich sicher zu gewinnen.

»Ach, Kopfsprung, Dreier, das ist doch alles Kinderkacke!«

Nuts war immer noch nicht fertig mit seinem Gemecker.

»Jetzt sei doch nicht so ein gottverdammter Stinkstiefel«, brüllte Mars ihn an.

»Okay, okay.« Nuts breitete die Hände aus. »Alles, wie ihr wollt. Aber beschwert euch nachher nicht, wenn ihr gegen mich mal wieder keine Chance hattet.«

»Das sehen wir dann«, knurrte Mars und schob Nuts die Treppe hoch.

Auf halbem Weg kam ihnen der Bademeister entgegen.

»Wo wollt ihr hin?«, fragte er.

»Aufs Dreier«, antwortete Mars.

Das Dreimeterbrett war gesperrt, erfuhren sie.

»Dann nehmen wir eben das Fünfer«, entschied Mars.

Pascal war's recht. Kopfsprung mit Anlauf vom Fünfer, das war fast wie Fliegen.

»Fünfer ist auch zu«, sagte der Bademeister. »Siebeneinhalber ebenfalls. Wir sperren sicherheitshalber immer den ganzen restlichen Turm, wenn wir die Zehnmeterplattform freigeben.«

Pascal schluckte.

Das Zehner wurde nur sehr selten aufgemacht, weshalb ...

Obendrein war es klug, sich langsam darauf vorzubereiten, und er war eben noch dabei, seine Sprünge vom Fünfer zu perfektionieren ...

Außerdem war er Skater, kein Turmspringer, also ...

Und zehn Meter waren hoch, verdammt noch mal, und wenn man die ganzen Ausreden einmal vergaß, blieb nur ein Fakt übrig: Pascal hatte sich da noch nie runtergetraut. Und hätte das erste Mal lieber noch ein wenig hinausgeschoben. Ein paar Wochen. Oder Jahre.

Zu seiner Überraschung schien er da nicht der Einzige zu sein.

»Dann eben nicht«, entschied Nuts und machte auf der Hacke kehrt. »Wir können ja nachher noch mal wiederkommen.«

Doch Schwatzbacke stand unbeirrt in Richtung »aufwärts«, und an seinen breiten Schultern gab es kein Vorbei. Mars unterstützte ihn.

»Rauf, rauf, rauf«, drängte er. »Vom Turm wird gesprungen, nicht geklettert. Was sollen denn die Leute denken?«

»Mir doch egal«, murrte Nuts, machte sich aber wieder an den Aufstieg. »Mir doch wurscht, was die ganzen Idioten denken.«

»Eins geb ich euch mit auf den Weg, Leute«, mahnte der Bademeister noch, »wir dulden hier keine Wasserbomben!«

»Wofür halten Sie uns?«, empörte sich Nuts sofort. »Für die Luftwaffe?«

»Ihr wisst ganz genau, was ich meine!«

»So was würden wir nie tun«, versicherte Mars. »Wir sind doch keine Chaoten.«

»Nur ganz, ganz liebe Jungs«, brummte Schwatzbacke, ohne eine Miene zu verziehen.

Und weiter ging's. Aufwärts. Jetzt alleine kehrtzumachen, war undenkbar. Also ging Pascal mit.

Den ganzen Aufstieg über meckerte Nuts halblaut vor sich hin. Das Fünfer hätte seiner Ansicht nach vollkommen genügt. Überhaupt hätten sie »alles höher gemacht«, seit er letztes Mal hier war. Die Zehnmeterplattform, noch vor ein paar Minuten das Minimum für richtige Männer, verkam zu einem »Angeberpodest für Blödiane«.

Und Pascal, der – obwohl ihm selbst das Herz mit jeder Stufe höher eine Stufe tiefer rutschte – nicht anders konnte, als ihn an seine Worte von vorhin zu erinnern, war ein »mieser kleiner Klugscheißer« und sollte lieber »den Sabbel halten«.

Sie passierten das Siebeneinhalber, und es wurde schon merklich ruhiger und luftiger um sie herum. Ganz oben wehte dann wie immer ein Wind und machte einen frösteln. Die Aussicht war ungetrübt, denn der Sprungturm überragte in weitem Umkreis jedes andere Gebäude, was das Gefühl von großer Höhe noch einmal eindrucksvoll unterstützte.

Schwatzbacke stand, breitbeinig wie ein Matrose auf schwankendem Deck, genau in der Mitte der Plattform. Nuts und Pascal kämpften links und rechts am Geländer gegen ihren Schwindel an. Nur Mars lief munter von einem zum anderen im Bemühen, sie für markante Punkte in der Landschaft zu interessieren. Er traf dabei auf eher geringe Gegenliebe, und als Nuts ihm auch noch ziemlich grob mitteilte, wohin er sich seine Kirchtürme stecken könne, gab er es dran.

»Also, wer will als Erster?«, fragte er stattdessen mit entnervender Munterkeit. Es meldete sich niemand. »Ihr wisst ja: Wer zuletzt springt, muss sich vier Wochen lang »Weichei« nennen lassen.«

Jetzt hatte er ihr Interesse. Er trat an die Kante. Eine ganz beachtliche Menschenmenge starrte zu ihnen hoch.

»Warte mal, Mars, warte mal bitte einen Augenblick!« Nuts klang plötzlich sehr viel höflicher als bisher, doch Mars zählte bis drei und stieß sich dann ohne zu zögern ab.

Es wurde ein eleganter Kopfsprung mit während des Fluges weit geöffneten Armen und einer gewissen lässigen Grazie.

Die drei Zurückgebliebenen hielten ihre Bewunderung ohne jede Mühe im Zaum.

»Hüpft einfach da runter wie die Kakerlake vom Hundenapf«, meinte Nuts fassungslos, »und wir stehn da wie die Deppen.«

Mars tauchte fast ohne einen Spritzer ein. Es sah ganz einfach aus. Wenn auch ... weit weg.

»Oh Mann«, meinte Nuts mit düsterem Blick auf das transparente Blau unter ihnen. »Wenn du da unten nur ein bisschen falsch aufkommst, platzt du auf wie eine Bratwurst.«

Kein schönes Bild, dachte Pascal, dessen Magen dabei in hörbare Bewegung geriet.

»Oder im Fall des Dicken hier eher wie eine faule Tomate.«

»Ich geb dir gleich ›faule Tomate‹, knurrte Schwatzbacke.

»Anschließend können sie deine Eingeweide mit dem Käscher aus dem Becken fischen und versuchen, sie dir wieder in den …«

Pascal hob die Hand. Er war, allem Schwindel und allen inneren Geräuschen zum Trotz, zu einem Entschluss gekommen. »Es bleiben uns nur zwei Möglichkeiten«, sagte er. »Springen oder zum Gespött der Leute werden.«

Schwatzbacke grunzte zustimmend, gab sich einen Ruck und machte einen Schritt nach vorn.

»Wartewartewarte«, Nuts sprach jetzt sehr schnell, »ich hab da eine Idee, eine dritte Möglichkeit, ja, ich habe die Lösung: Wir steigen zusammen wieder runter und hauen jedem, der lacht, ein paar in die Schnauze.«

War er wirklich so verängstigt, wie er tat? Man wusste es nie so richtig bei Nuts.

Gemeinsam spähten sie über das Geländer in die Tiefe. Dutzende von Augenpaaren blickten zurück. Mars saß am Beckenrand und winkte grinsend.

»Und mit dem Wadenbeißer fangen wir an. Dann packen wir uns einen nach dem andern und wischen ihnen das blöde Grinsen aus dem Gesicht.«

»Wird's bald?«, schrie einer der Zuschauer und erntete Gelächter dafür.

»Ich hätte nicht übel Lust zu springen und trotzdem noch Ohrfeigen zu verteilen«, grummelte Nuts.

»Na, dann lass uns!« Pascal hatte plötzlich genug. Er packte die beiden Biker am Arm, zog sie zur Vorderkante der Plattform, zählte rasch »Einszweidrei!« und –

»Arschbombäää!«, schrie Nuts ...

Schon flogen sie durch die Luft, klemmten sich alle drei noch die Beine unter den Hintern und schlugen gemeinsam auf der Wasseroberfläche auf wie eine vom Zehner gekippte Straßenwalze.

Die Köpfe noch nicht ganz wieder über Wasser, trillerte ihnen auch schon die Pfeife des Bademeisters in den Ohren. Er stand am Beckenrand, und sein Gesicht war Verkehrsampel-Rot. Pascal sah jetzt auch, warum er so wütend war: Sie hatten mit ihrer Dreifach-Arschbombe eine kleinere Flutwelle ausgelöst, die ein paar der Zuschauer glatt in die nahen Blumenrabatten gespült hatte. Darunter auch den, der »Wird's bald?« gerufen und so hämisch gelacht hatte. In die Rosen hatte es den befördert. Kratzige Angelegenheit, wie es aussah.

»Sprungturmverbot, für euch alle drei!«, wütete der Bademeister. »Und wenn ihr mir nur noch einmal unangenehm auffallt oder mir die kleinste Beschwerde über euch zu Ohren kommt, fliegt ihr achtkantig raus! Habt ihr mich verstanden?!«

Sie nickten, und der Bademeister verzog sich, immer noch wütend.

»Immer das Gleiche mit diesen Typen«, murrte Nuts und zog sich aus dem Wasser. »Nächstes Mal fahren wir an den Kanal.«

»Ich liege dahinten, am Zaun.« Pascal ging vor, die drei Zucchinis kamen mit, ungefähr zweihundert Blicke folgten.

Pascal fühlte sich komplett relaxed. Sollten ruhig alle sehen, mit wem er so unterwegs war. Obwohl er ja erst alleine herkommen wollte, war er jetzt doch froh um die Gesellschaft der Biker. Und da Maila eh nicht da war –

»Hey«, unterbrach Nuts seinen Gedankengang, »ist das da vorne nicht die Braut, in die du so verschossen bist?«

Etwas wie ein Stromstoß fuhr Pascal in die gerade noch so relaxten Knochen. Denn Nuts hatte recht. Sie war es!

Maila!

Vertieft in ein Modemagazin.

Wunderhübsch, wie sie dalag, auf dem Bauch, die blonden Haare offen und leicht lockig, in einem knappen blauen Bikini mit weißen Punkten.

Er konnte nicht anders als sie anzuschauen, ohne recht zu wissen, was er machen wollte, sollte sie auch nur einmal das kleinste bisschen zurückblicken ...

Da drehte sie sich auf die Seite. Und ... ihm den Rücken zu. Irgendwie schien sie ein unglaubliches Talent im Sich-Weg-drehen-und-woanders-Hinschauen zu haben. Zumindest, sobald er in ihre Nähe kam.

»Kennst du sie eigentlich inzwischen? Seit der Kirmes schon mal mit ihr gequatscht? Geknutscht?«

»Nein«, antwortete Pascal, halb verlegen, halb ärgerlich. »Sie hat mich noch nicht einmal auch nur bemerkt, bisher.«

»Das heißt, sie kennt dich nicht, nicht mal vom Sehen?«

»Nein, sag ich doch.«

»Gut!«

Was sollte denn daran gut sein?

»Los, trockne dich ab! Schnell!« Nuts blaue Augen blitzten, er hatte einen Plan, das war nur allzu deutlich spürbar.

»Leg dich hier hin. Nein, warte!« Nuts nahm Pascals Handtuch und legte es ein paar Meter weiter, wo zwei Büsche die Stelle etwas vor Blicken abschirmten.

»So, hinlegen. Und jetzt mach dich steif!«

Pascal legte sich gerade auf den Rücken, machte sich steif, auch wenn er nicht die geringste Ahnung hatte, was das jetzt werden sollte.

»Backe, pack ihn mal an den Füßen und heb an!«

Schwatzbacke tat, wie geheißen, und Pascals Beine kamen hoch.

»Steifer! Viel steifer!«, kommandierte Nuts.

Sie probierten es noch mal, und diesmal blieben nur noch Pascals Kopf und Schultern auf der Erde.

»Gut. Lass ihn runter. Und du bleibst so liegen. Stocksteif, hörst du? Ich bin gleich zurück.«

Die Minuten verrannen. Pascal lag steif wie ein Brett auf seinem Handtuch und begann sich so ganz allmählich etwas albern vorzukommen.

»Was soll das?«, fragte er aus dem Mundwinkel heraus.

»Psst«, antwortete Mars. »Bleib so, wie Nuts gesagt hat.«

»Aber wozu?«

»Vertrau ihm einfach. Du willst dieses Mädchen küssen? Nun, du wirst sie küssen.«

Pascals Herz machte einen Satz hoch bis zum Hals.

»Vorausgesetzt, alles geht nach Plan«, milderte Mars seine Prognose noch etwas ab, doch an Pascals Pulsschlag änderte das nichts mehr.

Da war Nuts schon zurück, ein paar weiße Anziehsachen über dem Arm. Er winkte seinen Zucchini-Brüdern, ihm hinter das Gebüsch zu folgen, und bedeutete dem Jungen, wie gehabt liegen zu bleiben.

Eine Minute später traten sie wieder vor. In weißen Kitteln, die Haare streng nach hinten. Schwatzbacke hatte die Hände mit den Totenkopfringen in die Taschen versenkt, seine Tätowierungen waren alle unter dem Kittel verschwunden. Er blickte ernst und, wenn man so will, durchaus würdevoll, ja geradezu belesen durch seine schwarze Sonnenbrille. Mars sah wach und intelligent drein, also ein bisschen wie immer.

Nuts war es, der sich am stärksten verändert hatte. Zusätzlich zu den nass nach hinten gekämmten goldenen Locken und dem ungewohnten Kittel hatte er irgendwoher noch eine außerordentlich strenge, schwarz gerahmte Brille aufgetrieben, die er allerdings immer wieder abnahm, um sich die Augen zu reiben.

»Seid ihr so weit?«, fragte er, und sie bauten sich neben Pascal auf.

Nuts nahm die Brille wieder ab. »Meine Fresse, durch das Ding sieht man ja gar nichts.«

»Wo hast du die her?«, fragte Pascal aus dem Mundwinkel heraus.

»Ruhe!«, zischte Nuts ihn an. »Ausgeliehen«, verriet er dann. »Von der dicken, schlafenden Frau dahinten.«

»Und die Kittel?«

»Wirst du jetzt still sein?! Du bist von jetzt an ein Junge in Schockstarre, haben wir uns verstanden?« Nuts wirkte angespannt, wenn auch auf eine, tja, leicht teuflische Art. »Die Kittel hab ich von unserm Freund, dem Bademeister«, knurrte er. Und fügte, als ihn alle ungläubig anstarrten, hinzu: »Sollte er sie nicht freiwillig rausrücken, hab ich zu ihm gesagt, stellen wir uns alle nebeneinander aufs Zehner und pinkeln von da ins Becken.«

Pascal wollte herausplatzen, doch Nuts war augenblicklich über ihm.

»Still!«, herrschte er ihn an. »Wenn das hier klappen soll, musst du dich absolut still verhalten! Absolut! Kapiert?«

Zum Zeichen, dass er kapiert hatte, regte sich Pascal nicht mehr, auch wenn es langsam mühsam wurde, so steif dazuliegen. (Nuts hatte die Kittel von einer der Putzfrauen ausgeliehen, wie Pascal später erfuhr. Gegen ein kleines Trinkgeld.)

»Okay. Ihr beiden wisst, was ihr zu tun habt. Ich bin sofort zurück.«

Schwatzbacke und Mars standen und blickten sorgenvoll auf ihn hinunter, während Nuts schnurstracks rüberlief zu ... Maila. Er ging runter auf ein Knie und ... sprach sie an. Einfach so.

Pascal konnte seinen Puls jetzt hören, ein dumpfes Basswummern in beiden Ohren.

Nuts redete auf Maila ein, ernst, wenn auch freundlich, er gestikulierte, deutete rüber, zeigte auf ... Pascal. Und Maila drehte sich zu ihm und –

»Augen zu mir«, zischte Mars, und Pascal zuckte zusammen und gehorchte. »Immer hübsch nach oben schauen, keine Bewegung, keine Miene verziehen, hörst du mich?«, murmelte Mars durch zusammengebissene Zähne hindurch. »Hier kommen sie.«

Unglaublich, aber wahr: Nuts kam, redend, erklärend, gestikulierend, und Maila kam mit ihm. Direkt auf ihn zu. Pascal spürte, wie sich kleine kitzelnde Schweißtröpfchen um jede einzelne seiner Haarwurzeln bildeten. Er hatte nicht die geringste Ahnung, was gerade ablief, und vor allem nicht, wie seine Rolle aussehen sollte. Nuts trat neben ihn. Maila ebenfalls.

»Also, Maila. Da hätten wir unseren Patienten. Pascal Schneider, elf ... einhalb«, fügte Nuts gnädig hinzu. »Schüler, sein Zustand ernst, da spät erkannt, aber nicht hoffnungslos.«

Patient? Er? Was für ein »Zustand«?

»Wie ich schon erläutert habe, sind Doktor Schwach– 'tschuldigung, Doktor Schwartzkopf, Assistenzarzt Wadenbeis und ich dabei, komplett neue Wege der Autismusforschung zu beschreiten.«

Autismus? Pascal sollte einen Autisten mimen? Jemanden, der in sich selbst gefangen ist und nicht mit anderen kommunizieren kann? Wo – um alles in der Welt – war da der Bezug zu seinem ... ähem ... Vorhaben?

»Wir arbeiten vorwiegend mit natürlichen Stimulantien. Zu diesem Zweck haben wir unseren jungen Patienten vorsichtig aus seinem klinischen Umfeld gelöst und ihn einer altersgruppenspezifischen Situation ausgesetzt. Einem Besuch im Freibad.« Nuts wies großzügig um sich.

»Haben Sie deshalb alle keine Hosen an, Professor Knudsen?«, wollte Maila wissen.

Der Professor sah rasch an sich hinunter, dann vorne in seinen Kittel.

»Du meinst, abgesehen von unserer Badekleidung, natürlich? Richtig. Auch Forscher ziehen sich für einen Feldversuch entsprechend um. Wir hatten gehofft – hoffen immer noch –, unseren Patienten schwimmen zu sehen. All diese Reize, das Wasser, die Sonne, die frische Luft, das Geplärre der Kinder, die vielen jungen Menschen, all das sollte ihm helfen, sich aus dem inneren Kokon zu lösen und, tja, ein bisschen lockerer zu werden. Doch stattdessen ... Doktor Schwartzkopf, wenn Sie noch einmal so nett wären?«

Backe packte Pascal an den Füßen, hob an und hielt ihn so. Und hielt.

»Stattdessen ist uns unser junger Freund in eine katakombische Starre gefallen. Und jetzt –«

»Äh, Professor«, unterbrach ihn Maila, »müsste das nicht ›katatonische Starre‹ heißen?«

Nuts sah sie verwirrt an. »Selbstverständlich. Was habe ich denn gesagt?«

»›Katakombisch‹.«

»Na, so ein Unsinn. Du musst entschuldigen. Ich hab halt –«, er schlug sich seitlich an den Kopf, dass es klatschte, »– leicht einen an der Waffel, wie die meisten Wissenschaftler.« Nuts lachte, und Maila lachte mit. Sie hatte ein hohes, perlendes Lachen, fiel Pascal auf. Obwohl er allmählich Krämpfe bekam. Perlend, das Lachen. Wundervoll.

»Also. Wo waren wir? Ah ja. Katatonische Starre. Steif wie ein Brett.« Nuts drückte ihm mit der Hand auf den Bauch, und Pascal hätte beinahe geschrien vor Anstrengung, dagegenzuhalten. »So, Doktor, vielen Dank. Sie können den Patienten wieder absetzen.«

Pascal atmete bebend aus, kaum dass er wieder auf dem Handtuch lag. Lange hielt er das nicht mehr durch, so viel war sicher.

»Das Blöde an diesem Zustand ist«, erläuterte Nuts weiter, »wir kriegen ihn so nicht ins Auto. Außer natürlich, wir brechen ihn vorher durch.« Wieder lachte der Professor, wieder lachte das Mädchen mit. Während dem Patienten so ganz, ganz allmählich die Lust am Mitspielen auszugehen drohte.

»Nein, Scherz beiseite. Diese Starre ist für den Patienten höchst gefährlich. Wir müssen ihn möglichst schnell daraus befreien, bevor es chronisch wird. Oder ein Organ versagt. Und dafür brauchen wir deine Hilfe.«

Jetzt wurde es ernst. Plötzlich war Pascals Lust am Mitspielen zurück, zusammen mit dem wummernden Puls und den tausenden von Schweißtröpfchen auf seiner Kopfhaut.

»Und was genau soll ich machen?«, fragte Maila, und Pascal, der ahnte, worauf das jetzt hinauslief, worauf das hinauslaufen sollte, spürte ein Zittern durch seine verkrampfte Haltung kriechen.

»Nun«, Professor Knudsen nahm zum x-ten Mal die Brille ab, um sie ins Licht zu halten. »Manche Ärzte schwören auf Stromstöße«, erklärte er finster. »Jagen hunderttausend Volt durch die verkrampfte Muskulatur, und schon hüpft der Patient wieder munter durch die Gegend. Vorausgesetzt, er hat das Experiment überlebt.« Der Professor schüttelte missbilligend den Kopf. »Unser Team setzt dagegen ganz auf die Methode des ›Positiven Emotionalen Schocks‹.«

»Aha?« Maila wirkte, als ob sie das gerne etwas näher erläutert bekäme.

Aus dem Augenwinkel sah Pascal, dass die dicke Frau, von der Nuts die Brille »ausgeliehen« hatte, wach geworden war und sich aufsetzte. Sie war eigentlich gar nicht so dick, eher das, was man »stämmig« nennt.

»Stelle dir vor, Pascal hier wäre negativ geladen, du positiv.« Nuts klang geduldig. Er hatte nichts davon mitbekommen, dass die Frau wach war und nun nach ihrer Brille suchte. Sie war wach, sie war stämmig, sie war extrem kurzsichtig, und sie war Lehrerin für Latein und Geschichte, wie Pascal mit einigem Entsetzen aufging.

»Wie zwei gegensätzliche elektrische Pole. In dem Moment, in dem sich eure Lippen berühren –«

»Lippen?!«

Jetzt war es raus! Und so lässig, so selbstverständlich rübergebracht! Einzig, Maila schien nicht begeistert von dem Gedanken.

»Aber natürlich. Was hast du denn gedacht? Positiv, emotional, Schock. Das kriegt man mit Handauflegen allein nicht hin.«

»Trotzdem ...«

»Stell dir vor, es wäre ein Ertrunkener. Da müsstest du doch auch Mund-zu-Mund –«

»Das macht man heutzutage durch die Nase.«

Es wurde nichts, Pascal spürte es. Der Plan ging schief. Und Frau Biesenkamp stand auf.

»Wenn man einen Autisten aus einer Schockstarre lösen könnte, indem man ihm einfach in die Nase pustet, hätten wir bestimmt nicht dich um Hilfe gebeten, Maila. Also, bitte. Mit nur einem einzigen zarten Kuss kannst du diesem armen Jungen wieder auf die Beine helfen und gleichzeitig der Wissenschaft einen großen Dienst erweisen.«

Oh ja, dachte Pascal und wollte es selbst glauben. Oh ja, ja, ja.

»Hmm. Na gut.« Maila kniete sich neben ihn, und er brauchte die Schockstarre nun nicht mehr zu spielen. Ihn überkam das Gefühl, vor innerer Anspannung zu knistern.

Maila beugte sich vor, die Lippen geschürzt. Ihr Haar fiel nach vorn, es duftete nach –

»Ich kann mir nicht helfen«, sagte sie und setzte sich wieder auf, und Pascal musste ein Wimmern unterdrücken, »aber irgendwoher kommt mir dieser Junge bekannt vor.«

Pascal sandte ein Stoßgebet an sämtliche Götter des Universums, jetzt bitte, bitte, bitte nicht als der Kirmeskotzer erkannt zu werden.

»Bestimmt aus dem Fernsehen«, behauptete Mars schnell.

»Doktor Schwartzkopf und ich haben seinen Fall in ›Wissenschaft heute‹ vorgestellt.«

»Richtig. Deshalb wäre es sicher auch eine gute Idee, wenn wir dieses kleine Experiment hier video-dokumentieren könnten. Hat jemand eine Kamera dabei? Oder ein entsprechend ausgerüstetes Handy?«

Mars und Schwatzbacke schüttelten die Köpfe, doch Maila bot ihnen an, ihr Handy zu benutzen. Assistenzarzt Wadenbeis lief los, es zu holen, während Doktor Schwartzkopf ein paar Neugierige verscheuchte.

In der Zwischenzeit hatte Pascal Gelegenheit, aus dem Augenwinkel zu beobachten, wie Frau Biesenkamp begann, sich unsicher und tastend über die Wiese zu bewegen.

Mars kam zurück, Handy aufgeklappt, Nuts kommandierte »Kamera ab!«, und Maila beugte sich erneut über ihn. Ihr Haar duftete wie –

»Aber«, zögerte sie plötzlich, »was ist denn so Besonderes an diesem Fall?« Und sie richtete sich wieder auf.

Pascal musste sich auf die Zunge beißen, um nicht zu schreien.

»Ich meine, dass er ins Fernsehen kommt und alles? Ist er irgendwie besonders begabt?«

»Selbstverständlich«, versicherte Professor Knudsen. »Er kann, äh, er ist, äh ...«

»Hoch musikalisch«, brummte Dr. Schwartzkopf, und seine beiden Kollegen nickten.

Maila schien mit der Antwort zufrieden. Sie beugte sich vor, über Pascals Gesicht. Ihr Haar duftete wie ein –

»Spielt die Zither wie ein Aal«, sagte Nuts, mit dem es wirklich manchmal durchging, und Maila fuhr hoch und sah ihn kritisch an.

»Was?«, fragte sie, zu Recht verwirrt, während Pascal über Mittel und Wege nachdachte, Nuts körperlichen Schaden zuzufügen und damit durchzukommen. »Das volkstümliche Zupfinstrument ›Zither‹ und der sogenannte ›elektrische Fisch‹ Zitteraal haben überhaupt nichts miteinander gemein«, belehrte sie den Professor streng.

»Scherz«, erklärte der denn auch hastig. »Nein, der wahre Grund, und gleichzeitig auch der Grund, warum wir das nicht so groß hinausposaunen, also, warum wir an Pascal Schneider besonders interessiert sind, ist der:« –

Frau Biesenkamp war am Fuß der Wiese angekommen. Unsicher tapste sie weiter vor.

»Pascal Schneider ist ein mathematisches Genie.«

Eine Lüge unglaublichen, eine Lüge kolossalen Ausmaßes, wie Pascal am besten wusste.

Seine Lateinlehrerin lief unterdessen unsicher am Rand des großen Schwimmbeckens entlang, bevor sie unvermittelt mit einem Fuß ins Leere trat. Armerudernd und entsetzt aufschreiend teilte sie schäumend die Wogen.

»Spezialgebiet Wahrscheinlichkeitsrechnung«, brummelte Dr. Schwartzkopf in seinen Bart.

»Wir hoffen ...«, Nuts senkte die Stimme, »aber das muss unter uns bleiben, hörst du? Wir hoffen, mit seiner Hilfe demnächst die Lottozahlen vorhersagen zu können.«

»Was?« Maila staunte, Augen und Mund kugelrund. »Im Ernst?«

»Mein voller Ernst«, versicherte Nuts, wie nur er es konnte. Viel hätte nicht gefehlt, und selbst Pascal hätte ihm geglaubt.

»Und wenn du ihn erst mal aus seiner katatonischen Starre befreit hast«, raunte Mars, »wird er sich sicher bei dir erkenntlich zeigen wollen. Aber ... pssst.«

Maila nickte eifrig, und während Pascal noch rätselte, wie er dieses Versprechen jemals einlösen sollte, beugte sie sich wieder über sein Gesicht, die rosigen Lippen zum Kussmund geformt, die Lider gesenkt ...

Jetzt, jetzt gleich würde es passieren.

Ihr Haar berührte sein Gesicht. Es duftete wie eine Blumenwiese, wie ein erster Hauch von Frühling nach einem langen, harten Winter. Aber es kitzelte auch, vor allem an der Nase. Jetzt bloß nicht niesen! Und er durfte auch nicht kratzen, nicht, bevor er nicht »geheilt« war ...

Pascal spürte, wie sich seine Finger durch das Handtuch hindurch in die Wiese gruben. Sein erster, sein allererster Kuss kam näher und näher. Gestohlen, sicher, regelrecht erschlichen, doch deshalb nicht weniger süß, auch wenn ihm die Nase kitzelte, dass er gefährlich nah an den Rand des Wahnsinns geriet ... Mailas Lippen senkten sich näher und näher und näher ...

Jetzt, jetzt, jetzt jeden Augenblick –

»Was soll das denn werden?«, fragte eine quengelige Stimme, und Maila sah auf. »Ein Wiederbelebungsversuch? Ich meine ja nur, die von der DLRG empfohlene Methode ist, dem Opfer in die Nase zu pusten und dabei gleichzeitig alternierend mit der Hand auf sein Zwerchfell zu pressen.«

Thomas. Thomas Heselmann. Und Pascal wäre am liebsten aufgesprungen und hätte dem quengeligen Besserwisser Gott weiß was in das Zwerchfell gepresst.

»Dieser Junge ist Autist«, entgegnete Maila reichlich spitz. »Und wir führen hier ein wissenschaftliches Experiment durch.«

»Autist?«, wunderte sich Thomas. »Das ist doch kein Autist! Das ist Pascal Schneider. Der ist ... Skater.« Er sprach »Skater« aus, wie man »Säufer« sagen würde, oder »Schläger«. Maila nahm spürbar Abstand.

»Und die drei Typen in den weißen Kitteln gehören, glaub ich, zu dem Rockerclub, mit dem er schon mal abhängt«, fügte Thomas hinzu und machte ein paar vorsichtige Schritte rückwärts, denn die drei Typen musterten ihn, wie drei Straßenköter eine vom Zaun gefallene Katze mustern würden.

»Ist das wahr?« Maila sprang wutentbrannt auf die Füße.

Und er war so nah dran gewesen ... Pascal dachte daran, Thomas Heselmann von oben bis unten mit Honig einzuschmieren. Und ihn dann, an Händen und Füßen gefesselt, auf ein Nest mit Feuerameisen zu legen.

»Soll das etwa heißen«, stammelte Maila, »das war alles nur ...« Sie brach ab, sprachlos vor Empörung.

Professor Knudsen behauchte seine Brille, putzte sie und brachte sie dann dahin, wo er sie herhatte.

Doktor Schwartzkopf besah sich seine Fingernägel an einer Hand voller Tätowierungen und Totenkopfringe.

Assistenzarzt Wadenbeis klappte das Handy zu und gab es wortlos seiner Besitzerin zurück.

So nah dran ... Pascal schloss die Augen und dachte daran, Thomas in der Wüste Gobi auszusetzen. Ohne Wasser und mit hundertfünfzig Tüten Kartoffelchips als einzigem Proviant.

»Das ist ja abscheulich! Das ist das mit Abstand Widerlichste, das man je mit mir abzuziehen versucht hat«, giftete Maila.

»Also ich an deiner Stelle würde mich beim Bademeister beschweren«, riet Thomas, immer schon einer, der sich bei jeder Gelegenheit sofort bei den Lehrern und sonstigen Autoritäten beklagen ging.

Millimeternah … Pascal dachte daran, Thomas mit Klebeband auf der Spitze einer Ariane-Rakete zu befestigen. Und dann ins Kontrollzentrum hinabzusteigen und seelenruhig den Countdown einzuleiten.

»Da hast du völlig recht! Genau das mach ich jetzt auch!«, schrie Maila und stapfte sofort los.

Töten, dachte Pascal, töten, töten, töten. Er schlug die Augen auf, und Thomas Heselmann schrak zurück und machte, dass er davonkam.

»Ihr schon wieder!«, brüllte der Bademeister völlig außer sich und völlig außer Atem, weil er gerade eben noch Frau Biesenkamp vor dem Ertrinken retten musste.

Und von ›Ihr schon wieder‹ bis zum Ausgang war es nur noch eine Frage einiger eiliger Schritte.

»Und lasst euch hier nie wieder blicken!«, schallte es ihnen noch hinterher.

»Es ist doch immer das gleiche Theater mit denen«, murrte Nuts. »Morgen fahren wir an den Kanal.«

Kapitel 6

Thomas Heselmann radelt an diesem Abend sehr mit sich selbst zufrieden nach Hause. Das ist ein guter Tag gewesen, findet er. Er konnte anhand dieses fantastischen neuen Lehrbuchs gleich mehrere seiner (kleineren) Defizite in Physik ausbügeln, er ist zwanzig Bahnen geschwommen – zwei mehr als sein bisheriger persönlicher Rekord! –, und es ist ihm nicht zuletzt gelungen, dieses hübsche Mädchen aus den Klauen dieses völlig unmöglichen Pascal Schneider zu erretten. Und natürlich hat er sich angesehen, wie der mitsamt seinen seltsamen Freunden aus dem Freibad geworfen wurde.

Doch, das war ein toller Tag, denkt Thomas und strampelt zufrieden, als aus dem Nichts heraus ein Motorrad neben ihn zieht. Eine donnernde schwarze Harley-Davidson mit Flammendesign auf dem Tank. Der Fahrer ein eher dicker Typ, nicht zu erkennen allerdings unter dem dunkelsten aller denkbaren Helmvisiere, genauso wie sein Beifahrer, der eher schmächtig wirkt, mehr wie ein Junge als ein Mann.

Eine Vermutung, die Thomas bestätigt sieht, als sich der Beifahrer zu ihm rüberbeugt.

»Na, Heselmann«, fragt er mit jungenhaft heller Stimme, und ein leichter Schlenker geht durch das Fahrrad, als der Typ den Arm ausstreckt und die Sattelstütze direkt unter Thomas' Hintern packt, »schon mal Zweihundert gefahren?«

Und der Harley-Motor BRÜLLT auf …

Ah, Mann! Schön wär's gewesen, dachte Pascal und wälzte sich schlaflos von einer Seite auf die andere. Schön wär's gewesen ...

Kapitel 7

»Igitt! Was ist das denn?!«

Pascal wusste es auch nicht. Er hatte ein Messer in den an ihn adressierten, sich seltsam, na ja, gluckerig anfühlenden Plastikbriefumschlag gestochen, und jetzt quoll etwas Rotes daraus hervor, und zwar nicht zu knapp.

»Halt es über die Spüle!«, rief seine Mutter ganz aufgelöst. Wie Mütter eben so sind, angesichts von Briefumschlägen, aus denen es rot herausquillt, mitten in ihrer Küche.

»Wer um alles in der Welt schickt dir so eine verdammte Schweinerei? Auch noch mit der Post?«

Tja. Als Absender war »Nekrophilus Nutter« angegeben, niemand, den er seines Wissens nach kannte. Auf alle Fälle schon mal kein Mitschüler. Er besah sich noch mal den Nachnamen und wurde von einer leichten Ahnung gestreift.

Da klingelte es an der Tür, seine Mutter ging nachsehen, schrie auf, und schon näherten sich ... trappelnde Hufschritte.

»Agathe!«, freute sich Pascal, als die rosa-braun gestreifte tibetanische Kleinsau in die Küche gestürmt kam und sofort eine eifrig schnuppernde Runde drehte.

»Hrmpf«, machte Agathe kritisch. Kein Treteimer in der Küche, so was gehört bei Strafe verboten.

»Da ist jemand für dich.« Seine Mutter kam zurück in die Küche und beobachtete mit äußerst spitzem Mund, wie das Schwein die roten Flecken vom Boden aufleckte.

»Hey, Ernst!«, rief der Junge. Ernst Ohlig war Leos Onkel, ein Punkmusiker, oder besser: ehemaliger Punkmusiker. Mittlerweile war er doch ein wenig in die Jahre gekommen. Aber Punkmusiker, auch ehemalige, sind cool, da gab es nichts dran zu rütteln. Selbst wenn sie in einem grauen Anzug herumlaufen, der zwei Nummern zu klein für sie ist, und eine dicke Brille mit einem Sprung im linken Glas aufhaben. »Was treibt dich her?«

»Tja«, sagte Ernst. »Ich bin in der Bredouille. Ich kann auf eine einwöchige Kurztournee gehen, mit meiner alten Band. Aber nur, wenn ich jemanden finde, der solange auf Agathe aufpasst.«

Hinter Ernsts Rücken wedelte Pascals Mutter mit beiden Armen und schüttelte energisch den Kopf dazu.

»Ich wollte ja Leo bitten, aber da ist niemand.«

»Leo ist mit der Familie in Schottland.«

»Ah. Hätte ich eigentlich wissen müssen, so was.« Ernst sah betreten runter auf Agathe, die mit dem Auflecken der Flecken fertig war und nun nichts gegen etwas Solideres zum Mümmeln gehabt hätte. »Blöde Situation, ich weiß. Aber ich finde außer dir niemanden.«

Pascal schenkte seiner Mutter seinen erweichendsten Blick.

Kopfschütteln.

»Oh bitte, Mama!« Seit Tagen schon hatte er nach irgendetwas gesucht, um sich abzulenken von der Erinnerung an diesen fürchterlichen Tag, diesen rabenschwarzen Tag im Freibad. Drei Decks waren in der Zeit zur Sammlung zerbrochener Skateboards an die Wand seines Zimmers gewandert, doch nichts vermochte die düsteren Gedanken so richtig zu vertreiben. Agathe um sich zu haben, wäre Beschäftigung, Ablenkung und nette Gesellschaft in einem.

»Mein Sohn, du weißt, ich bin allergisch.«

»Wir könnten im Garten schlafen! Im Zelt!«

»Du weißt auch, ich habe es nicht gern, wenn du allein im Garten schläfst.«

»Ich hole noch Digger dazu! Dann kann gar nichts passieren.«

»Wie kommt es nur, dass bei mir regelmäßig alle Alarmglocken angehen, wenn du ›Dann kann gar nichts passieren‹ sagst?«

»Komm, Mama, gib dir einen Ruck!«

Wie um Pascal zu unterstützen, gab Agathe der Mutter einen Stups ans Bein.

Die Mutter quiekte auf. Agathes Rüssel war kalt und reichlich feucht.

Hey, das war lustig! Stups-Quiek. Agathe probierte es gleich noch mal. Erneutes Quieken. Ob das bei dem Jungen auch funktionierte? Stups. Nichts.

»Hrmpf.« Agathe drehte sich wieder zur Mutter. Stups.

»Iiih!« Besser, viel besser.

Pascal zog Agathe weg, ehe sie ihnen alle Chancen ruinierte, und kraulte sie intensiv hinter den Ohren. Das Schwein setzte sich, senkte die Lider und gab ein zufriedenes »Ochochoch« von sich.

»Für eine Woche?«, fragte Pascals Mutter.

Ernst nickte eifrig.

»Und ganz bestimmt nicht länger?«

Ernst schüttelte energisch den Kopf.

»Aber nur, wenn ihr augenblicklich in den Garten zieht.«

Ja! Pascal drückte seine Mutter an sich, und Agathe gab ihrer Freude mit ein paar Stupsern Ausdruck.

»Iiiii-in den Garten! Sofort!«

»Na, dann tschüss«, verabschiedete sich Ernst. »Und vielen Dank. Doch – was ich noch fragen wollte: Was ist denn das da für ein seltsamer Umschlag?«

Stimmt, der lag ja immer noch oben auf der Spüle.

»Und was ist das für ein rotes Zeugs?«

»Tomatenketchup«, antwortete Pascal und meinte, bei seiner Mutter eine gewisse Erleichterung zu spüren.

Er schnitt die triefende Hülle ganz auf. Innen drin war eine in Plastik eingeschweißte Karte. Pascal spülte sie ab, und der in roter Schrift gehaltene Text wurde sichtbar:

Einlardunk

Am 21.7. findet am finstersten Ende des
berüchtigten Fridtjof-Nansen-Weges eine
mordsmässige Monsterparty statt.
Bist du ein Monster?
Dann komm angeschlurcht.

Darunter stand noch, deutlich kleiner:

Und bring Pizza mit

»Cool«, fand Ernst, während man Pascals Mutter seufzen hören konnte. »Als was willst du gehen?«

Pascal besah sich die rote Schmiere oben auf der Spüle und fühlte seinen Blutdurst erwachen.

»Als Vampir!«, entschied er. »Vorausgesetzt, ich darf«, fügte er mit einem raschen Blick auf seine Mutter eilig hinzu. Die seufzte erneut.

Kapitel 8

Es wurden wundervolle Tage, die Tage der Vorbereitung auf die Monsterparty: Die Sonne schien, die Zucchinis hatten nichts dagegen, ihm ihren Digger auszuleihen, seine Mutter war so nett, sich um sein Kostüm zu kümmern, und Pascal hatte eine wirklich entspannte Zeit mit Schwein und Hund. Sie stromerten durch Wald und Wiese, armdicke Äste zwischen den Zähnen, hielten Picknicks ab, pinkelten gegen Bäume und Laternen, schwammen im Fluss oder wälzten sich im Uferschlamm, lutschten Eis und mampften Pizza, wühlten mit Begeisterung im Dreck, lasen nachts zusammen im Schein der Taschenlampe, schnarchten Seite an Seite, wuschen sich etwas seltener als üblich, und vielleicht auch als nötig gewesen wäre, und hatten alles in allem eine Menge Spaß zusammen.

Pünktlich zum Tag der Party war sein Kostüm fertig, Blutsaugergebiss und alles.

Er stand vor dem Spiegel, bewunderte sich selbst im schwarz glänzenden, purpurrot gefütterten Cape mit dem hohen Kragen und fühlte sein Herz klopfen beim Gedanken an seine erste, richtige Party. Kein Kindergeburtstag oder sonst so eine brave, von wohlmeinenden Autoritäten überwachte Veranstaltung, sondern eine ausgewachsene Party. Nachts. Mit einem Lagerfeuer und in Gesellschaft von lauter … Monstern.

Das Telefon unterbrach seine Gedanken, er ging dran und meldete sich.

»Pascal? Hier ist …«

Ein Blitzschlag fuhr durch sein Gebein und ließ den Teppich unter seinen Füßen qualmen. Er wusste, wer das war. Er erkannte die Stimme. Er hätte sie unter tausenden wiedererkannt.

»… Maila.«

»Äh, wurgeldadnbrmslfnump…« Er hatte sich schon mal deutlicher ausgedrückt, musste Pascal selbstkritisch feststellen.

»Pass auf. Warum ich anrufe: Obwohl ich in meinem ganzen Leben noch niemals so gedemütigt worden bin wie von dir und deinen niederträchtigen Freunden, habe ich mich trotzdem entschlossen, dir zu verzeihen.«

Hipp, hopp, whopp-dadeluja, jing-dingelingdangdong – hatte er richtig verstanden?

»Und nicht nur das«, fuhr Maila fort, ihre Stimme warm an seinem Ohr. »Ich möchte dich obendrein zu einer kleinen Party einladen.«

Zu einer Party? Ihn? Er und Maila? Zusammen? Auf ein und derselben Party? Und er war eingeladen? Pascal hechtete die Wand hoch, quer über die Zimmerdecke, die andere Wand wieder herunter und zurück zum Telefon.

»Wann?«, fragte er.

»Heute Abend.«

Arrrrrrrrrrrrgs. Nein! Nicht gerade heute! Pascal dachte über

Mittel und Wege nach, sich möglichst schmerzfrei in zwei Hälften zu zersägen. Oder aber einen Limousinenservice zu finanzieren, der ihn in regem Pendelverkehr zwischen den beiden Partys hin und her kutschierte.

»Ich habe alle meine besten Freundinnen eingeladen.«

Welche beiden Partys?, fragte sich Pascal - er wusste nur noch von einer.

»Und einer der Gründe, warum ich dich anrufe ist, wir wollen Spiele machen. Weißt du, solche, zu denen man auch Jungs braucht.« Und Maila kicherte in sein Ohr, das heiß wie eine Glühbirne wurde.

»Ich hätte nur eine kleine Bedingung.«

Was? Sich ein Fingerglied abtrennen? Durch einen Sumpf voller Nattern und Alligatoren waten? Alles! Alles kein Problem!

»Auf meiner Einladungsliste ist bisher ein deutlicher Mädchenüberschuss. Ich möchte deshalb, dass du diesen netten Jungen mitbringst.«

Hä? Welcher nette Junge? Er kannte keine »netten« Jungs. Er kannte, so gesehen, überhaupt keine Jungs. Schon gar nicht solche, die man mitnahm auf Partys mit Mädchenüberschuss.

»Du weißt schon. Den aus dem Freibad.«

Und Pascal erbleichte, als ob er die letzten zweihundert Jahre in einem Sarg zugebracht hätte.

Die Kröte war fett. Sabbernd. Warzig. Übel riechend. Schleimig. Und zappelig. Doch Pascal schluckte sie trotzdem. Und wählte Thomas Heselmanns Nummer.

Die Einladung, hatte Maila ihn ziemlich schnippisch wissen lassen, galt nur für sie beide. Keinesfalls für ihn allein. Eine ihrer Freundinnen, hatte sie angedeutet, stand auf Thomas Heselmann.

Thomas meldete sich, und Pascal teilte ihm ohne Wärme mit, dass er ihn auf eine Party mitzunehmen gedächte.

Und Thomas wollte nicht! Er hatte abends noch Badmintontraining, das wollte er nicht verpassen.

Pascal musste ihn regelrecht überreden!

Schließlich erklärte Thomas sich großmütig bereit, und Pascal legte auf.

Den Nachgeschmack dieser Kröte würde er niemals wieder aus dem Hals bekommen, da war er sich sicher.

»Du gehst *wohin*? Auf eine andere Party?« Nuts klang einen Moment lang völlig ungläubig. Dann verengten sich seine Augen, und er sah Pascal scharf an. »Lass mich raten: Da steckt diese Maila dahinter.«

Pascal nickte verlegen.

»Und du glaubst allen Ernstes, die schmeißt eine bessere Party als wir?«

»Sie und ihre Freundinnen wollen Spiele machen.«

»Spiele?«

»Na, du weißt schon – solche, zu denen man auch Jungs braucht.«

»Oh, oh, oh. Hüte dich vor solchen Spielen, mein Junge! Nimm Schwatzback hier. Dessen Vater war auch mal auf einer Party, wo sie solche Spiele gemacht haben, für die man Jungs braucht. Also, sieh dich bloß vor, oder neun Monate später hast du plötzlich auch so einen Primaten bei dir zu Hause rumhocken.«

»Der Primate klopft dir gleich ein paar vor die Omme«, grollte Schwatzbacke. Dann wandte er sich an Pascal. »Du willst bestimmt Agathe hierlassen, oder?«

Pascal nickte.

»Ist okay. Ich passe auf sie auf.«

Und Pascal sprang auf sein Board und zischte los, das Risiko des Familienzuwachses um einen Primaten frohgemut auf sich zu nehmen.

Weiaweiaweiaweiaweia. Weiaweiaweiaweiaweia. Pascal konnte sich nicht erinnern, wann zuletzt oder ob überhaupt jemals zuvor eine solch rabenschwarze, wie Säure an seinen Eingeweiden fressende schlechte Laune gehabt zu haben. Weiaweiaweiaweia.

Ihm war danach, sich etwas anzutun, sich mitten auf die verkehrsreichste Kreuzung der Stadt zu stellen und lauthals jodelnd das Haar in großen Büscheln von seinem Kopf zu rupfen und damit um sich zu werfen. Danach war ihm.

Die Party bei Maila war entsetzlich gewesen, die Spiele saudämlich, obendrein hatte er alle, samt und sonders alle verloren. Flaschendrehen! Ein Spiel, bei dem es um nichts anderes als ums Küssen geht, und wer kam da als Einziger ungeknutscht heraus? ER! Und wer – die Erinnerung fuhr ihm wie ein stumpfes Messer ins Gedärm –, wer hatte alle Mädchen zu küssen gekriegt? Thomas Heselmann!

Pascal wünschte, die Erde möge sich auftun und ihn ganz einfach verschlingen.

Und sein Board hatte er vor lauter Frust auch vergessen, wieder mitzunehmen, weshalb er jetzt nach Hause tippeln musste. Doch das war egal, alles war egal, alles verblasste vor der Erinnerung an diese Stunden des Elends und der Erniedrigung.

Als wäre das alles nicht schon schlimm genug gewesen, hatte er sich auch noch selbst zum Idioten gemacht. Er war sich so verdammt ungerecht behandelt vorgekommen, dass er beinahe, um ein Haar, um ein Härchen, in – weiaweiaweia, das würde ihn bis ins Grab verfolgen, er war sich sicher –, in Tränen ausgebrochen wäre. Tränen der Wut, sicher, doch Tränen nichtsdestotrotz.

Weiaweiaweia. Die Niagarafälle ohne Fass, Kopfsprung aus dem Handstand von der Golden-Gate-Brücke, das war, was er noch an Zukunft für sich sah.

Und – oh, sich mit eigenen Händen erdrosseln zu können, wie süß musste das sein – damit war noch nicht Schluss gewesen. Nein, die Krone des Ganzen – schlimmer als Maila und Thomas Heselmann tanzen zu sehen, dicht an dicht –, die absolute Krönung des Abends war gekommen, als Maila ihr Handy aufklappte, an ihren Rechner anschloss und – weiaweiaweiaweiaweia – den Film vorführte. Den Film, den Mars im Freibad aufgenommen hatte. Die Videodokumentation des Professors Knudsen.

Oh, Mann. Harakiri, here I come, dachte er.

Mailas Freundinnen waren durchgedreht, hatten gekreischt und geschrien vor Lachen, komplett hysterisch.

Er passierte den Friedhof, so still, so friedlich.

Hier ruht
Pascal Schneider
Von eigener Hand gerichtet
Weil er die Schmach
nicht mehr ertrug

Sehnsüchtig betrachtete er die Reihen von Gräbern und Steinen, als, abrupt, aus dem Nichts heraus, eine ganze Horde Orks neben ihm stoppte. Zottelige, muskelbepackte, schmierige, raubtierzahnige, aggressiv dreinblickende Orks. Auf Motorrädern.

»Hey, Jungs«, brüllte einer von ihnen über den Motorenlärm hinweg, »ist das nicht der kleine Zucchini, der uns kürzlich den Kirmesabend versaut hat?«

Ein bisschen nur, ging Pascal blitzartig auf, ein paar Jährchen vielleicht, hätte er doch ganz gerne noch gelebt, schmachvolle Erinnerungen hin oder her.

Motorräder bellten auf wie tollwütige Hunde, und nur Sekunden später war er umringt von knurrenden Motoren und hechelnden Orks, die ihn beäugten, belauerten, beschnüffelten.

»Er ist es«, schrie einer, »ganz sicher!«

»Guuut«, grollte der größte Ork zufrieden und beugte sich ganz nah an den Jungen heran, der in diesem Moment sehr gerne durch einen Kanaldeckel gefallen und erst ein paar Stunden später am andern Ende der Stadt wieder aufgetaucht wäre. Es hat etwas Beunruhigendes, von einem Hünen niedergestarrt zu werden, der offenbar aus Leichenteilen zusammengenäht worden ist, und das noch nicht einmal besonders liebevoll. Selbst der

Kopf bestand aus zwei Hälften, wovon eine grässliche Narbe senkrecht durch das Gesicht zeugte. Trotz der groben Stiche, mit der sie vernäht worden war, hatte man zur Sicherheit noch eine solide Gewindestange quer durch die Schläfen gebohrt und auf beiden Seiten mit dicken Muttern gekontert.

Es dauerte einen Augenblick, bis Pascal ihn als Charly erkannte. Und ein kleines bisschen aufatmete.

Hinten auf Charlys Motorrad saß eine junge Vampirin in schwarzem Lederumhang. Die Augen kohlschwarz umrandet, die Lippen blutrot, die Zähne weiß und spitz. Sie zwinkerte ihm zu, was gleichzeitig auf eine Art beruhigend wie auf eine andere Art irritierend war.

»Dann kannst du uns ja sicher verraten«, grollte der Ork namens Charly, »wo es hier zum Fridtjof-Nansen-Weg geht. Wir sind da nämlich eingeladen.«

»Hey, wollt ihr etwa auf die Monsterparty?«

Schweigen.

Der Ork namens Charly fasste sich kurz an die Nasenwurzel, schloss die Augen, seufzte. »Nein«, meinte er dann langsam und geduldig, »wir sind unterwegs zu einem Abi-Ball, du Genie.«

Die Vampirin lachte, dass sie beinahe von der Sitzbank gefallen wäre.

»Ja, meint ihr denn, die Party läuft noch?«, fragte Pascal verwirrt und sah auf seine Uhr. An die Möglichkeit hatte er ja überhaupt noch nicht gedacht!

»Ohne uns«, knurrte Charly und drehte nervös an seinem Gasgriff, »hat die Fete noch nicht mal richtig angefangen.«

Pascal begann, den Weg zu erklären, doch Charly schnippte nur mit dem Finger, und der Ork neben ihm klappte seine hinteren Fußrasten runter und gab Pascal ein Zeichen, aufzusteigen auf seine giftgrüne Kawasaki.

»Aber ich habe keinen Helm«, meinte Pascal, und ein weiteres Fingerschnippen später hatte ihm jemand etwas zumindest Helm-Ähnliches auf den Kopf gerammt, mit Hörnern vorne und einem baumelnden Schweif hintendran.

»Erst mal noch ein Stück geradeaus«, sagte Pascal, und die Kawasaki riss ihr Vorderrad in die Luft, als der Fahrer das Gas aufdrehte.

Pascal wagte einen Blick zurück.

Alle Orks hatten ihre Vorderräder in der Luft, und die Erde schien zu beben vom Röhren ihrer Motoren.

Die Vampirin, festgeklammert an ihren Ork, lachte mit blitzenden Eckzähnen, und ihr Umhang wehte im Fahrtwind wie schwarze schlagende Flügel.

Kurz darauf, viel zu kurz darauf schon hatten sie den Fridtjof-Nansen-Weg erreicht.

»Hier vorne links«, rief er seinem Fahrer zu, und fünfzehn mit Orks besetzte Motorräder bogen donnernd in seine Garageneinfahrt ab und stoppten.

»Nein, Missverständnis«, rief er eilig, gerade als die ersten Orks abzusteigen begannen und seine Mutter am Schlafzimmerfenster erschien und gellend aufschrie. »Die Party ist unten am Wendekreis. Ich muss mich hier nur noch eben schnell umziehen.«

»Als was gehst du denn?«, wollte die Vampirin wissen.

»Äh, ich gehe auch als Vampir.« Falls meine Mutter mich jetzt noch rauslässt, fügte er im Stillen hinzu.

»Aha. Wie überaus ... kompatibel«, fand die Vampirin, und dann war sie fort, zusammen mit dem Rest ihrer Horde.

»Nein, nein, nein, mein Sohn. So weit kommt's noch! Hast du mal auf die Uhr gesehen? Es ist mitten in der Nacht! Und dann noch mit solchen Gestalten!«

»Mutter«, sagte er, Kostüm in Händen, und kämpfte mit dem Zittern in seiner Stimme. »Ich habe den schlimmsten Abend meines Lebens hinter mir. Wenn du mich jetzt nicht auf diese Party lässt, gehe ich still auf mein Zimmer und bin für den Rest meiner Tage nur noch brav.«

»Oh«, sagte seine Mutter betroffen. »Aber das ist ja Erpressung!«, protestierte sie und sah ihn streng an, bevor sie sich umdrehte und »Dann pack ich dir am besten mal die Pizza ein, die du mitnehmen solltest« murmelte.

Pascal jubelte innerlich auf und warf sich seinen Umhang um. Überaus kompatibel, dachte er und griff zur Schminke.

Seit der Abend dämmerte an diesem bis dahin so ruhigen Sommertag, seit die Geschöpfe des Tages sich in ihre sicheren Behausungen zurückzuziehen begannen, seit ein blasser Vollmond anfing, sein kaltes Licht auszubreiten, seitdem brach das Grauen in wachsendem und immer weiter wachsendem Maße über die ahnungslosen Anwohner des Fridtjof-Nansen-Weges herein.

Diese Nacht sollte als »Die Nacht der reitenden Leichen« in die Geschichte des Viertels eingehen, und keiner, der sie (üb)erlebt hat, sollte sie jemals wieder vergessen können. Geritten kamen sie auf Motorrädern, manche schnell wie Dolchstiche, manche langsam wie giftige Reptilien. Furchterregende, oft nur in Fetzen gekleidete Gestalten beiderlei Geschlechts, und unten am Wendekreis stellten sie ihre Maschinen ab, um sich, je nach Temperament, entweder brüllend über den Zaun von Haus Nummer 69 zu schwingen oder leise durch das Tor zu schleichen. Mit ihnen hielt das Entsetzen Einzug in die einst so ruhige Nachbarschaft, und die Leute standen wie gelähmt hinter ihren Gardinen und wussten nicht ein noch aus.

Wohl dem, der eingeladen ist, dachte Pascal mit einiger Selbstzufriedenheit und blickte gespannt über den Zaun.

Ein riesiges Lagerfeuer prasselte, seine Funken stoben hoch in den sternengesprenkelten Nachthimmel, Heavy-Metal-Musik dröhnte, und fluoreszierende Skelette sprangen mit Hexen, Mumien, fransigen Zombies, zotteligen Bestien aller Art und anderen wahr gewordenen Albträumen der Menschheit heulend und kreischend darum herum. Alles, was noch fehlte, war ein mittelgroßer Vampir. Mittelgroß und überaus kompatibel.

Pascal trat durch das Törchen und drückte es mit dem Hintern wieder zu. »Klack«, und –

Totenstille, urplötzlich.

Alles stoppte, mitten in der Bewegung, und starrte ihn an.

Und in einer einzigen, bestialisch brüllenden Woge aus Klauen und Zähnen stürzte sich die gesamte monströse Meute auf ihn.

»Hmm, lecker«, sagte die Vampirin, leckte sich die blutigen Lippen und grinste, und es war schwer zu sagen, ob sie das Stück Pizza meinte, das sie gerade verschlungen hatte, oder den Jungen, dessen Ohrläppchen sie rieb, als ob sie das Material auf Bissfestigkeit prüfen wolle.

Dann lachte sie kehlig, machte auf der Hacke kehrt und warf sich wieder ins Getümmel.

Das Pizzablech fiel aus Pascals immer noch schreckgelähmten

Fingern und schepperte zu Boden. Leer. Leer gefegt, leer gefressen binnen Sekunden.

»Oh, oh, oh. Nimm dich vor der bloß in acht«, krächzte jemand in sein Ohr.

Pascal wandte den Kopf und blickte in ein riesiges, starres, rot geädertes Auge und dann in ein schmales zusammengekniffenes. Verschattet wurden beide von einem verbeulten Schlapphut, dessen hintere Krempe auf einem alten Mantel scheuerte, der sich über einem ausgeprägten Buckel spannte.

»Gestatten, Nekrophilus Nutter«, stellte sich der Bucklige vor. »Grabräuber aus Passion und Leichenschänder von Beruf. Oder war es umgekehrt?« Gestützt auf einen rostigen Spaten wedelte er mit einer roten Laterne und grinste.

»Warum, was ist denn mit ihr?«, fragte Pascal, der zu seinem eigenen Erstaunen seine für immer verloren geglaubte Stimme wiederfand.

»Oh, oh, oh. Lukrezia. Ein wildes Mädchen, ich sag's dir. Noch so jung und schon so wild. Und mehr als nur ein bisschen verrückt. Aber das muss man wahrscheinlich sein, um mit einem wie Charly zu gehen. Und Charly ist rasend eifersüchtig. Rasend. Also hör auf Nekrophilus' Worte und mach einen großen Bogen um sie.«

Der Junge sah den riesigen Ork einen gewaltigen Holzscheit hoch über den Kopf heben und auf das Lagerfeuer werfen, dass die Funken höher als die höchsten Bäume der Umgebung stoben, und überdachte seine mögliche Kompatibilität noch mal kritisch.

Monster tanzten, Monster liefen umher, Monster lachten, grölten, prosteten einander zu. Monster, wohin man blickte. Fantastisch.

Pascal schrak zusammen, als sich vor ihm aus dem Schatten eines Gebüschs ein fluoreszierendes Gerippe löste, an der Hand eine über und über bandagierte Mumie.

»Kuck nicht so dösig«, rief das Skelett freundlich, und er erkannte Mars.

Die Mumie allerdings erkannte er nicht. Nur dass sich ihre, äh, Wicklung in einem Zustand befand, als ob sich ein übereifriger Archäologe daran zu schaffen gemacht hätte.

Dann fiel ihm auf, dass er jemanden vermisste.

Ein Folterknecht mit einer schwarzen Haube über dem Kopf besorgte das Grillen. Nur die düster blickenden Augen waren von seinem Gesicht zu sehen, und mächtige Lederarmbänder umspannten seine überaus kräftigen, schwarz behaarten und tätowierten Unterarme, die an langen Spießen die armen Würstchen direkt in die Höllenglut des Lagerfeuers hielten. Eine zweischneidige Axt, die von seinem Gürtel baumelte, deutete an, dass er nebenberuflich auch noch als Scharfrichter arbeitete.

»Oh«, sagte er bedauernd, als ihn der mittelgroße Vampir nach dem Verbleib des tibetanischen Kleinschweins fragte. »Oh, Mann!« Und dem Vampir rutschte das Herz in die Beinkleider. »Ich weiß, ich habe versprochen, mich um sie zu kümmern«, meinte der Folterknecht entschuldigend und ging voraus. »Aber du weißt ja, wie sie ist.«

Agathe war fertig. Sie lag unter der Treppe zur Küche auf der Seite. Wie tot. Als Pascal sich neben sie kniete, hob sie noch nicht mal den Kopf. Nur ihr Ringelschwänzchen machte eine einzige, schlaffe Umdrehung. Es war wie das letzte Flossenschlagen eines an Land gezogenen Fisches.

»Du hast ja erlebt, wie wir Leute mit Pizzen begrüßen«, erklärte Schwatzbacke. »Und da ist sie natürlich immer mitgerannt.«

Und dann? Platt getrampelt worden? Das Schwein wirkte nicht platt. Nein. Im Gegenteil.

»Und als so nach und nach alle merkten, wie wild sie auf Pizza ist, hat ihr selbstverständlich jeder ein Stück von der Beute abgegeben. Jedes Mal.«

Jedes Mal, ja. Jeder. Ein Stück. Agathe hätte es sich nicht träumen lassen, niemals in ihrem Leben, und wenn, hätte sie es nicht zugegeben, aber es gab tatsächlich so etwas wie »zu viel Pizza«. Unglaublich, sicher, doch wenn man ganz ruhig lag und flach atmete, ließ es sich aushalten.

Na, das erklärte alles. Vorsichtig tastete Pascal nach Agathes Bauch.

»Hrrmpf«, machte die Sau, und der Junge nahm die Hand wieder weg.

Es ließ sich aushalten, nur an den Bauch rührte man lieber nicht. So wie man am besten auch seine Finger von einer Seifenblase lässt.

Okay. Pascal richtete sich auf. Seiner Kirmes-Erfahrung nach war Ruhe hier das Beste. Doch wo war Digger?

Ganz in der Nähe. Nur ein paar Stufen hoch.

Eine Handvoll in Fetzen gekleideter Zombie-Mädels hatte die Küche zum Schminkraum umfunktioniert, in den sie jeden hineinzerrten, der ihnen nicht wüst genug aussah.

Als Pascal neugierig um die Ecke spähte, hatten sie sich gerade den Hund geschnappt.

Diggers Augen wurden pechschwarz und blutrot ummalt, sodass sie einen wahnsinnigen, berserkerhaften Eindruck machten, das Fell im Nacken wurde struppig gebürstet und mit Gel fixiert, und von den Lefzen rann das Kunstblut. Spritzer davon waren über das ganze Fell verteilt, ganz so, als habe man die Bestie gerade beim Ausweiden ihres letzten Opfers gestört.

Und Digger liebte es. Obwohl das Leben mit den Zucchinis meistens lustig war, so war er im Grunde seines Herzens doch eher ein Frauenhund, musste er feststellen. Weibliche Gesellschaft war so viel wohlriechender, fröhlicher und charmanter und –

Umso enttäuschter war er, als ihn die Zombie-Mädels kurzerhand vor die Tür setzten, um Platz für ihr nächstes Opfer zu schaffen.

Aber da war ja der nette Junge mit dem Brett auf vier Rädern, wo andere Menschen Füße haben!

Digger hopste die Treppe hinunter und rannte Pascal glatt über den Haufen, um ihn freudig auf seine Art zu begrüßen.

»Na, na, na«, mahnte eine raue, weibliche Stimme, und ein Zeigefinger mit langem, schwarzem Fingernagel glitt hinter Diggers Stachelhalsband und zog, »du böses, böses Hundchen.«

Digger ließ augenblicklich von Pascal ab und sah Lukrezia hingerissen an. Ein Frauenhund, das war er.

Pascal setzte sich auf und befürchtete Schlimmes, was seine mühsam gestaltete Schminke anging.

»Du böser, böser Hübscher«, gurrte Lukrezia und kraulte den Hund hinterm Ohr dabei. »Findest du nicht auch, wir würden ein reizendes Paar abgeben?« Und sie warf Pascal einen schrägen, fragenden Blick zu. Was dem Jungen dabei komplett die Sprache verschlug, war, dass beim besten Willen nicht zu sagen war, wen oder was sie damit gemeint hatte.

Im nächsten Moment fielen die Zombie-Mädels über ihn her, zerrten ihn die Stufen hoch und machten sich mit Elan an die Auffrischung beziehungsweise weitere Verwüstung seines von der Hundezunge doch arg ramponierten Make-ups.

Und er liebte es. Er war eigentlich eher ein Frauentyp, entschied er, während ihm Asche ins Haar und um die Augen gerieben und eine Blutspur das Kinn hinunter gezogen wurde. Definitiv eher ein Frauentyp. So nett es mit seinen Kumpels auch die meiste Zeit sein mochte, so war weibliche Gesellschaft doch um einiges wohlriechender, fröhlicher und charmanter und leichtbekleideter und –

Umso enttäuschter war er, als ihn die Zombie-Mädels, zufrieden mit ihrer Arbeit, kurzerhand wieder vor die Tür setzten.

Durstig, das war er jetzt. Ein mit einem großen Totenkopf verzierter, schwarzer Topf enthielt ein Getränk. Und eine Suppenkelle. Mit der man sich ein Glas füllen konnte. Oder sollte. Das Getränk war violett, stellte der Junge fest, und es roch recht … stark. Wie ein starker Durstlöscher, entschied Pascal. Also genau richtig. Das Glas noch nicht ganz an den Lippen – der aufsteigende Hauch ließ ihm die Augen tränen – zuckte er zusammen, als ihm jemand ins Ohr keuchte.

»Auch wenn ich dir – von beruflicher Warte aus – eine satte Alkoholvergiftung wünsche«, raunte Nekrophilus, »so fürchte ich doch, dass mir deine reizende Mama mit einem einzigen Tritt den Buckel wieder gerade rückt, sollte ich zulassen, dass du dir hier mit unserer Wodka-Bowle die Kante gibst. Und das wollen wir doch nicht, oder?«

Hm. Pascal wusste nicht so recht, wohin mit seinem Glas, bis es ihm eine schlanke Hand mit langen, scharfen, schwarzen Fingernägeln abnahm.

»Wie überaus aufmerksam«, fand Lukrezia nach einem Schluck und ging weiter, warf ihm aber noch einen kurzen, schrägen Blick zu, unter ihren langen Wimpern hindurch.

Pascal blieb komplett die Spucke weg.

»Cola und so was findest du im Kühlschrank. In der Küche«, fügte Nekrophilus betont hinzu, und dem mittelgroßen Vampir wuchsen Flügel.

Man konnte sich drehen und wenden, wie man wollte, man befand sich immer und überall mitten in einem Horrorfilm, rauchdurchzogen, unterlegt mit dröhnendem Hardrock, Punk und Heavy Metal. Magisch.

Ein Neuankömmling trat durch das Tor. »Klack« und –

Es war schauerlich anzusehen, wie die Pizzakartons nur so in alle Richtungen flogen.

Übrig blieb der Präsi. Etwas zerrupft und milde geschockt, aber heiter.

Er hatte übrigens den Begriff »Monster« am eigenwilligsten interpretiert. In einen schlichten Trenchcoat gewandet, erinnerte er Pascal zuerst an Inspektor Columbo. Doch nur bis zu dem Augenblick, als Joe sich vor den ersten Mädchen aufbaute und den Mantel aufriss. Drunter trug er ein in Bauchnabelhöhe abgeschnittenes Hemd, rot karierte Boxershorts und, vorne drangeheftet, das Foto einer angriffslustig aufgerichteten Kobra. Alle, wirklich alle taten ihm den Gefallen, entsetzt aufzukreischen.

Wie das auf Gartenpartys so ist, begegnet man sich doch recht häufig.

Jedes Mal, wenn Pascal in Lukrezias Nähe kam, raunte sie ihm ein leises »Beiß mich, Vampir!« zu.

Und obschon es ihn in den Eckzähnen juckte, hätte auch der furchtloseste aller Blutsauger gewisse Hemmungen, dieser Schönen an den Hals zu gehen, vor allem solange sie ein beinahe zwei Meter großes Monster an einer Kette mit sich herumschleppte.

Bis ans Feuer. Da machte sich der Ork los und fragte den Folterknecht grollend: »Also, was ist jetzt?«

Ein Murmeln ging durch die Gäste, als der Folterknecht seine Axt mit einem Ruck vom Gürtel löste und – beiseite legte.

»Jederzeit«, grummelte er, und Monstrositäten begannen, aus allen Teilen des Gartens zusammenzulaufen und eine schmale Gasse zu bilden. Mit dem lodernden Feuer genau in der Mitte. Sodass es kein Links- und kein Rechts-Vorbei gab.

»Was geht ab?«, fragte Pascal, und ein vielstimmiges Raunen antwortete: »Der Sprung durch die Feuerwand.«

Die Flying Zucchini Brothers gegen die Stormfuckers, so würde es wohl immer sein. War es auf der Kirmes noch ein eher läppischer Wettbewerb gewesen, erforderte der hier schon einiges an Mut. Ein Ork machte den Anfang, hechtete durch die Flammen, ein Skelett sprang hinterher. Noch ein Ork, gefolgt von einem Folterknecht.

Gejohle und Applaus begleiteten jeden Sprung über den Haufen wild lodernder Glut.

Pascal leckte sich nervös die Lippen. Ein falscher Schritt, und man lag drin, wo gerade noch die Würstchen gebrutzelt hatten. Trotzdem ...

»Flieg für mich, kleiner Vampir.« Lukrezias schwarz umrandete Augen funkelten ihn an.

»Ich bin nicht klein. Ich bin mittelgroß«, widersprach Pascal grimmig.

Dann trat er vor.

»Äh, äh, äh.« Jemand hielt ihn am Umhang fest. »Bist dir sicher, bei dem, was du da vorhast?«

Pascal blickte in das riesige, rot geäderte Auge des Grabräubers und nickte. Er war Skater, verdammt noch mal! Da lernst du entweder sehr rasch, wie man springt, oder aber, wie es sich an Krücken läuft.

Mit einem Ruck schlug er den Umhang nach hinten, um die Arme frei zu haben zum Schwungholen.

Zombies, Mumien, Orks, Hexen, Grabschänder, zottelige

Wesen ohne rechte Gattungszuordnung, ein grinsender Exhibitionist und eine aufreizend lächelnde Vampirin mit einem Höllenhund an ihrer Seite, alles blickte ihn abwartend an.

Pascal nahm in länger und länger werdenden Schritten Anlauf. Die Flammen loderten. Die Glut wurde fühlbar, brannte auf der Haut, als er abhob und sich nicht nur um hundertachtzig Grad drehte, sondern – das hatte er sich von einem BMXer abgeschaut – auch noch die Augen aufriss und die Hände spreizte und dabei für einen Sekundenbruchteil in der Bewegung erstarrte, was so wirkte, als ob er kurz inmitten der Flammen in der Luft stehen blieb und schwebte. Dann landete er sicher auf der anderen Seite und klopfte Rauch und Funken aus seinem Gewand, während der Applaus brandete.

Höhepunkt des Wettbewerbs sollte allerdings ein Akt der Verbrüderung werden, in dem Charly und Schwatzbacke, Arme über die Schultern des jeweils anderen verschränkt, einen simultanen Salto vorwärts hinlegten, der nicht mehr zu toppen war.

Riesenjubel, und alles wogte zur Bowle.

Die Kette um Charlys Hals baumelte sachte hin und her, denn an ihrem unteren Ende war niemand mehr, um sie daran zu hindern. Am Baumeln. Weit und breit, hm, niemand.

Einer spontanen Laune folgend machte sich Pascal auf einen kleinen Rundgang, nur mal so. Im hinteren Teil des Gartens, zwischen ein paar Büschen, stand eine kleine verschnörkelte Bank. Ein schöner Platz, um sich ein paar Minuten auszuruhen vom Lärm und dem hektischen Treiben der Party.

Pascal setzte sich.

»Beiß mich, hübscher Vampir!«, hauchte jemand in seinen Nacken. Alle Härchen in dieser Gegend richteten sich auf, und Lähmung fuhr in seine Glieder.

»Ich hab dich fliegen sehen«, meinte Lukrezia und nahm neben ihm Platz. Im Sitzen waren sie fast gleich groß. Fast. Nicht ganz, aber fast.

Das Mondlicht schimmerte spärlich durch das Blattwerk, das auch die Geräusche der nahen Party dämpfte, und Pascal, der noch mit Symptomen der Lähmung zu kämpfen hatte, vor allem der der Zunge, bekam eine Brise von Lukrezias Parfüm in die Nase. Es war schwer und süß und alles in allem von einem Kaliber, das einem den Kopf in ein Frisbee verwandelte und die Knie in Gelee.

»Und jetzt möchte ich, dass du mich beißt, mein Vampir. Damit ich auch fliegen kann.«

»Ja, aber …« Pascal sah sie an. »Ich dachte …« Etwas hilflos verwies er auf ihren Umhang, die langen, scharfen Eckzähne.

Lukrezia lachte. »Du wirst doch nicht darauf reingefallen sein?« Sie lachte noch mal. Kehlig. »Ich bin doch nur eine verkleidete Rockerbraut«, meinte sie abfällig. »Aber du, du bist echt.«

Pascal war sich nicht sicher, wie echt er war. Oder wie echt diese Situation.

Lukrezia sah ihn schmachtend an. Das, das konnte nicht echt sein. Gleich würde ihn Frau Biesenkamp anbrüllen und er sich im Lateinunterricht wiederfinden. Obwohl, es waren Ferien …

»Wenn du mich beißt«, hauchte Lukrezia ihn an, und ihr Atem

erinnerte nicht wenig an das violette Getränk aus dem Topf mit dem Totenkopf drauf, »dann kann ich auch fliegen. Und werde unsterblich. Komm, tu es!«

Und sie hielt ihm ihren weißen, schlanken Hals hin.

Einladend.

Pascal schluckte.

Dr. Julius Steinbrecher kam zu reichlich vorgerückter Stunde von einer Jubiläumsfeier nach Hause. Er stieg aus dem Taxi und traute seinen Ohren nicht. Und seinen Augen noch weniger.

Im Nachbargarten war nichts Geringeres als die Hölle los. Ein Krach wie in der Hölle, ein Feuer wie das der Hölle, umsprungen von Ausgeburten derselben, es war nicht zu fassen. Vollkommen in den Bann des Ungeheuerlichen geschlagen, ging er ein paar Schritte und stieß mit seiner Nachbarin Frau Gallig zusammen.

»Beiß mich«, raunte Lukrezia, ihre Stimme rau wie Asphalt unterm Skaterhintern, ihr Hals rank und einladend, ihr Parfüm wie etwas, das man einatmen möchte, bevor der Zahnarzt den Bohrer ansetzt.

Pascal sah sich um. Sie waren allein.

Gern hätte er jetzt etwas gesagt, doch in einem Kopf, der zu einer nach unten gewölbten Scheibe verformt mit irrer Drehzahl rotierend eine Steilkurve fliegt, sind die Gedanken nur schwer zu ordnen.

»Na komm, trau dich!«

Pascal beugte sich vor.

Ein Ast knackte, und sein Herzschlag setzte aus.

Frau Gallig trug einen Stapel leerer Pizzakartons unterm Arm und einen Ausdruck bodenloser Entrüstung im Gesicht.

»Nicht nur, dass diese Tiere mitten in der Nacht einen solchen Krawall schlagen, sie verteilen auch noch ihren Müll kreuz und quer durch die halbe Nachbarschaft«, keifte sie.

Wortlos nahm ihr Herr Steinbrecher die Kartons ab. Er würde dem Lärm und dem Vandalismus Einhalt gebieten, und zwar sofort. Er war ein stabil gebauter Mann, gesegnet mit einer bekannt kräftigen Stimme, er war resolut, durchsetzungsfähig, und er war alles andere als nüchtern.

Digger! Digger hatte mit dem Ast geknackt, er war ihnen gefolgt. Jetzt hockte er sich hinter sie und wedelte seinen Peitschenschwanz.

Plötzlich, kaum zu sagen wie, fand Pascal sich in Lukrezias Arm wieder, sein Gesicht in der Kuhle zwischen Hals und Schulter, und ihr Parfüm war hier so stark, dass ein einziges Schnuppern genügte, einem minutenlang die Augen gegenläufig kreiseln zu lassen.

»Jetzt beiß mich, Vampir!«, forderte sie, ihre Lippen auf seinem Ohr.

Zaghaft, sachte, vorsichtig grub er sein falsches Gebiss in ihren schlanken Hals, und sie gurrte dazu in den tiefsten Tönen. Als er Luft holen musste, sagte sie: »Jetzt ich!«, und hängte sich kurz entschlossen an seinen Hals, allerdings bar jeglicher Zaghaftigkeit und Vorsicht, wie er fand. Im Gegenteil, sie saugte an ihm, als wäre sie tatsächlich auf sein Blut aus. Nicht, dass es unangenehm gewesen wäre, nein, nein, nur …

Die Stelle, an der das Lagerfeuer durch die Blätter schien, verdunkelte sich ohne jede Vorwarnung. »Lukrezia?«, fragte ein solider Bass in das von draußen undurchsichtige Strauchwerk hinein, »Lukrezia, ich weiß, dass du hier irgendwo bist!«

Und für Pascal wurde die schwüle Sommernacht mit einem Schlag kalt wie das Grab eines Eskimos.

Dr. Steinbrecher schäumte. Selbst vor seinem Haus fanden sich noch weggeworfene Pizzakartons! Hastig sammelte er alles auf, entschlossen, es den Verursachern persönlich in die Hände zu drücken und dann den Stecker dieser Musikanlage zu ziehen. Und er wollte doch mal sehen, wer es wagen würde, ihn daran zu hindern. Zack, schon war er durch das Gartentörchen, das er wütend mit der Hacke schloss.

Da, plötzlich – Totenstille.

»Lukrezia! Mit wem machst du da rum?!«

Der riesige Ork namens Charly brach durch das Gebüsch, Schwatzbackes Scharfrichter-Axt hoch über dem Kopf, und Pascal sah schon

Hier ruht
ein Frauentyp
in zwei Hälften

als Inschrift auf seinem Grabstein, als der Ork die Axt sinken ließ. Und knurrte.

Lukrezia hatte zu diesem Zeitpunkt nämlich längst einen begeistert hechelnden Digger im Arm, während Pascal unter der Bank lag, mehr schlecht als recht vom Umhang der Vampirin verdeckt.

»Du willst mir weismachen, du versteckst dich hier hinten, um mit einem Hund zu kuscheln?«, fragte Charly mit ätzendem Misstrauen in der Stimme.

Rasend eifersüchtig, hatte Nuts über ihn gesagt.

»Das glaube ich nie im Leben«, meinte der Ork und trat näher.

Totenstille, auf einmal. Die gesamte Party, ja, die ganze Stadt schien den Atem anzuhalten.

Pascal musste sich mit aller Macht in die Hand beißen, weil man sonst das Klappern seiner Zähne gehört hätte.

Der Ork wandte sich um.

»Hey«, frohlockte er dann, »da ist jemand Neues gekommen! Mit Pizza!«

Im nächsten Moment rannten er und Lukrezia und die ganzen anderen Monster unter Kreischen und Brüllen zum Gartentor.

Pascal krabbelte hastig unter der Bank hervor.

Ein wildes Mädchen, hatte Nuts über Lukrezia gesagt, und mehr als nur ein bisschen verrückt. Jedes Wort davon, wie Pascal nun aus eigener Erfahrung wusste, die reine Wahrheit.

Rasch schlich er auf zittrigen Knien rüber zum Brennholzstapel und ließ sich darauf nieder. Digger und Agathe kamen hinzu und streckten sich zu seinen Füßen aus.

Plötzlich, mit einem Schlag, war er müde.

»Katakombische Starre«, meinte der Bucklige mit der roten Laterne zu dem Notarzt, »da kenn ich was von.«

»Ach ja?«, fragte der Mediziner ohne jedes Interesse zurück, während er half, den brettsteifen und über und über mit zerrupften Pizzakartons bedeckten Patienten auf der Bahre festzuschnallen.

»Positive emotionale Schocks helfen«, behauptete der Bucklige. »Wenn Sie wollen, frag ich meinen Kumpel Schwatzbacke, ob der es mal versuchen will.«

Doch der Arzt war der Ansicht, der Patient sei nun wirklich geschockt genug, und der Krankenwagen fuhr mitsamt dem totenblassen Brüllaffen davon.

»Ich steig dann mal in meinen Sarg«, sagte der Vampir zu dem Grabräuber. »Du weißt schon: Sonnenlicht ist Gift für uns.«

Der nickte verstehend und wünschte eine gesegnete Tagruhe. Dann stutzte er.

»Was hast denn du da am Hals?«, wollte er wissen.

Digger, Agathe und Pascal krabbelten ins Zelt, gerade als die ersten Vögel ihr Piepen anstimmten. Und alle drei seufzten noch einmal aus tiefstem Herzen, bevor sie sachte zu schnarchen begannen.

Und jede Menge wirres Zeug träumten.

Kapitel 9

Der Nachteil beim Zusammenleben mit einem Hund und einem Schwein ist der, dass die ausgeschlafen sind, sobald es Frühstück gibt. Egal um welche Zeit.

Pascal schüttelte den schlaftrunkenen Kopf, und seine Mutter rief noch mal nach ihm.

Agathe und Digger waren beide schon auf den Beinen, auf dem Sprung, stupsten ihre Nasen gegen die Zelttür und sahen ihn aus großen Augen erwartungsvoll an.

»Komm ja schon«, krächzte er und zog den Reißverschluss auf.

»Junge, Junge, Junge«, meinte seine Mutter und schnalzte mit der Zunge. »Also dich werden wir gleich erst mal in die Wanne stecken müssen. Was hast du denn da im Haar?« Und dann, nach einem Moment genauerer Betrachtung, »Was hast du denn da am Hals?«

»Vampirbiss«, antwortete er schnell.

Mehr Zungenschnalzen.

»Vampirbiss? Doch nicht von diesem Mädchen, das ich gestern hinten auf diesem Motorrad gesehen habe?«

Pascal blickte in seine Cornflakes und sagte nichts. Brauchte er auch nicht.

»Mein Sohn. Kann das sein, dass dieses Mädchen um einiges zu alt für dich ist?«

Pascal nickte. Er nickte sehr ernsthaft.

Obwohl, wenn er nur eine Sekunde darüber nachdachte, war diese Aussage vielleicht doch nicht ganz richtig. Nicht Lukrezia war zu alt, sondern er war zu jung. Um einiges zu jung für diesen Stress.

Und was für ein Stress das war! Pascal lag in der Wanne und betrachtete, wie sich der Schaum an einigen Stellen rot, an anderen schwarz oder grau färbte. Was für ein gottverdammter Stress um den im Grunde simplen, banalen Vorgang, dass zwei Menschen einander mit den Lippen berührten! Und mit den Zungen, möglicherweise, wofür auch immer das gut sein mochte.

Er musste bescheuert gewesen sein, sich darauf einzulassen. Und trotz dieses ganzen, unglaublichen Stresses der letzten Tage und Wochen war er immer noch ungeknutscht!

Sicher, er hatte jetzt seinen »Stempel«, doch zu welchem Preis? Viel hätte nicht gefehlt, und er wäre dafür von einem Ork geschlachtet worden. Wahnsinn.

Und alles nur, um mit Leo und Kalle gleichzuziehen. So ein Quatsch! Wer war der mit Abstand beste Skater von ihnen dreien? Also. Die beiden hatten es nötig gleichzuziehen, nicht er.

Und mit dem weiblichen Geschlecht war er auch fertig. Man konnte machen, was man wollte, sobald man es mit denen zu tun bekam, stand man anschließend als Volltrottel da. Wenn sie einen damit nicht in den Selbstmord trieben, dann hatten sie eifersüchtige Freunde, um einen unter die Erde zu bringen. Das war es alles nicht wert.

Fertig war er mit denen, ein für alle Mal.

Pascal war gerade dabei, im Internet die Aufnahmebedingungen für ein Priesterseminar zu prüfen und ob man während der Ausbildung weiter seinem Skateboard-Sport nachgehen könnte, als das Telefon klingelte.

Er ging dran, und alle guten Vorsätze und felsenfesten Entschlüsse und jegliches Interesse am Priesterberuf schwebten davon wie die Samen der Pusteblume, als er Mailas Stimme erkannte.

»Weißt du, es ist wegen gestern …«

Sie klang irgendwie kleinlaut.

Haha! Wahrscheinlich wollte sie sich entschuldigen. Pascal dachte kurz darüber nach, ob er kühl ablehnend oder großmütig verzeihend reagieren sollte.

»Du hast dein Skateboard hier stehen lassen.«

»Ja, das stimmt.« Erst mal kühl bleiben. Verzeihen kann man dann immer noch.

»Meine Mutter sagt, du sollst es abholen kommen. Es ist nur im Weg, sagt sie.«

Hm. Die Tatsache, dass ihre Mutter hinter dem Anruf steckte, stimmte ihn jetzt nicht so überschwänglich. Trotzdem ging er hin.

»Du hast doch gesagt, es wäre dir im Weg«, keifte Maila. »Also musst du auch wissen, wo es ist!«

»Ach, ich räume hier doch von morgens bis abends hinter dir her«, keifte Mailas Mutter zurück. »Da kann ich mir doch unmöglich auch noch merken, wo der Krempel deiner Freunde herumfliegt!«

»Pascal ist nicht mein Freund, Mutter! Und er wartet!«

Da. Nicht – ihr – Freund. Nur schriftlich wäre die Aussage noch deutlicher gewesen. Pascal stand im Flur von Mailas Haus herum und kam sich, mal wieder, wie ein Idiot vor.

»Dann sieh mal in der Garage nach!«

»Warum schließt du ihm nicht die Garage auf? Thomas kommt gleich, und ich hab mir noch nicht mal die Haare gemacht!«

Thomas kam gleich. Aha. Na fein.

»Weil es nicht meine Gäste waren, die ihr Zeugs im ganzen Haus verstreut haben, darum!«

»Komm«, kommandierte Maila, sie traten vors Haus, die Tür krachte ins Schloss, und Digger und Agathe, die Pascal herbegleitet hatten, sprangen auf die Beine.

Digger wedelte begeistert mit dem Schwanz. Das da war ein Mädchen, das. Und er ein Frauenhund. Mit hängender Zunge tapste er zu Maila und leckte ihr einmal zärtlich über den Arm.

»Iiiiiiiihhh! Mein Gott, wie widerlich! Ist das dein Hund? Muss der so sabbern? Ruf ihn zurück, ruf ihn zurück, sag ich!«

Hossa, was für ein Stimmchen! Lustig. Agathe, die hinter Maila stand, stupste sie erwartungsvoll gegen die Wade. Sie wurde nicht enttäuscht.

»Iiiiiiiiihh! Und was ist das?! Etwa ein Schwein?! Heißt das, ich habe jetzt Schweinerotz am Bein?«

Angestupst von Agathe hatte Maila automatisch einen Schritt nach vorn gemacht. Das brachte sie wieder in die Reichweite des Frauenhundes. Der schleckte ihr sanft über die Wange.

»Iiiiiiiiihh!« Schritt zurück.

Stups, machte die feuchte Schweinenase.

»Iiiiiiiiihh!« Schritt nach vorn.

Schleck.

»Iiiiiiiiihh!«

Das wäre unter Umständen noch ein Weilchen so weitergegangen, wenn nicht die bissige Mutter auf der Bildfläche erschienen wäre.

Skateboard endlich gefunden, machte Pascal sich, gefolgt von fürchterlichem Gemecker der Mutter und hysterischem Geheule der Tochter, auf den Heimweg.

Na, das war's dann wohl. Pascal musste sich eingestehen, dass er nur noch höchst theoretische Chancen besaß, jemals in diesem Leben Mailas Lippen mit den seinen zu berühren.

Und er pfiff vergnügt, als er das Tor zur Einfahrt hinter sich schloss.

Einen schönen Knochen würde er heute noch kaufen, für Digger. Und eine feine Pizza für Agathe.

Und überhaupt – sollte er sich jemals ernsthaft verlieben, dann bestimmt nicht in so was Braves und Zickiges wie Maila. Für ihn, das stand seit der Party fest, müsste es schon etwas Wildes sein.

Keine fünf Schritte die Straße hinunter, und wer kam ihnen entgegen? Thomas Heselmann. Alles an ihm mit Bügelfalten, bis hoch zu den akkurat geschnittenen und toll in Form gegelten Haaren.

Thomas war etwas erstaunt, Pascal zu treffen, um nicht zu sagen misstrauisch.

»Was machst du denn hier? Bei Maila?«

Als ob er kein Recht hätte, Maila zu besuchen! Lächerlich.

»Och«, antwortete er leichthin. »Wir haben nur ein bisschen den Zungenkuss geübt.«

Blitzartig hatte Thomas Pascal am Kragen.

»Sag das noch mal«, forderte er hitzig.

Digger ließ ein warnendes Knurren hören, und Pascal hätte für einen kleinen Moment überhaupt nichts dagegen gehabt, wenn Thomas Heselmann hier und jetzt ein paar fette Bisswunden davongetragen hätte.

Dann riss er sich zusammen. Er war es gewesen, der Thomas provoziert hatte, nicht umgekehrt. Und Thomas wiederum konnte nichts dafür, wenn Maila ihn netter fand als Pascal.

Maila, die, wie ihre Mutter schon vor der Direktorin betont hatte, »immer die Jahrgangsbeste« war. Er hätte von Anfang an gewarnt gewesen sein müssen.

»Ich hab nur mein Skateboard abgeholt«, gestand er.

Thomas ließ Pascal los, doch Digger knurrte noch immer.

»Und jetzt pfeif deinen Hund zurück!«

Richtig. Pascal legte Thomas die Hand auf die Schulter, um zu zeigen, dass die Feindseligkeiten vorüber waren.

»Digger«, sagte er feierlich, »das hier ist ein *Freund* …«

Kapitel 10

Dr. jur. Julius Steinbrecher kam aus dem Krankenhaus zurück und war für ein paar irgendwie entrückt wirkende Tage ein wirklich netter, höflicher Mensch. Doch das verging. Leider oder Gott sei Dank, wie immer man's nimmt.

Die Zucchinis fuhren zu einem Motorradtreffen und vertrauten Pascal solange ihren Digger an.

Ernst Ohlig rief an und verlängerte Agathes Aufenthalt um weitere zwei Wochen.

Himmlisch.

Seine Mutter fand es, wie sie sagte, etwas gewöhnungsbedürftig, dem eigenen Sohn beim allmählichen Verwildern zuzusehen. Aber sie musste auch zugeben, dass er fit wirkte und entspannt.

Das Thema »Latein« wurde in allgemeinem Einverständnis bis zum Ferienende unter den Teppich gekehrt.

Und Pascal machte das Beste aus seiner Freiheit. Ausgedehnte Siestas bei Tag. Heimliche Streifzüge bei Nacht. (Der allerheimlichste der, bei dem er mit Spachtel, Brotmesser und Mülltüte bewaffnet hinging und den Bauschaum wieder aus den Briefkästen vom Brüllaffen und Frau Gallig kratzte. Der Witz der Aktion war irgendwie verflogen.)

Solange das Wetter hielt, waren er und Agathe und Digger

rund um die Uhr draußen. Ja selbst die Mahlzeiten wurden grundsätzlich nur noch im Freien eingenommen.

»Sag's nur«, meinte seine Mutter, »wenn ich dir irgendwann einfach einen dritten Napf neben die von deinen beiden vierbeinigen Freunden stellen soll.«

Und trotzdem, schwer zu sagen wieso, wurde es ihm irgendwann öde. Als Gesprächspartner waren Digger und Agathe nicht so unterhaltsam, wie man meinen könnte. Und als er zum x-ten Mal aus einem Nickerchen unten am Fluss wach wurde, spürte er, dass ihn obendrein Fernweh plagte. Der Fluss ist nun mal nicht das Meer, da kann er machen, was er will.

Die Rettung kam in Form eines Anrufs. Morgens beim Frühstück. Er kam, völlig überraschend, von Claires Vater, Herrn Branitzky.

Herr Branitzky war nicht besonders gut zu verstehen. Denn er flüsterte.

»Pascal, Pascal, bist du das?«

Pascal bejahte.

»Ah, gut. Wunderbar. Hör zu, mein Junge. Niemand weiß von diesem Anruf. Und niemand darf je davon erfahren.«

Claires Vater klang wie jemand, der am hintersten, völlig ausgefransten Ende seiner Nerven angekommen ist.

»Vor allem nicht Claire!«, schickte er flüsternd hinterher.

Pascal erkundigte sich ebenso höflich wie vorsichtig, worum es denn ging, während seine Mutter fragend zusah.

»Die Sache ist die, Pascal. Wir, das heißt meine Frau und ich, wir haben uns gefragt, ob du nicht eventuell Lust hättest, uns, beziehungsweise Claire, in Holland besuchen zu kommen? Und sei es nur für ein paar Tage?« Er klang geradezu flehentlich.

»Nun …« Pascal zögerte. Er legte die Hand auf die Sprechmuschel, schilderte seiner Mutter kurz die Lage und fragte, ob er dürfe. Seine Mutter signalisierte ihr Einverständnis, verwies aber auch auf Dogge und Schwein.

Herr Branitzki deutete sein Zögern offenbar falsch.

»Du weißt, dass ich Autohändler bin, Pascal? Also, wenn du demnächst ein Auto brauchst, komm zu mir, ohne Scheu. Du kriegst jeden denkbaren Rabatt, auf jedes Modell. PKW, SUV, Sportwagen, was du willst. Nur tu mir den Gefallen und …«

Pascal unterbrach ihn und erläuterte kurz sein Problem, einen Hund und ein Schwein zur Aufsicht zu haben.

»Bring sie mit!« Claires Vater lachte hoch und kippelig. »Bring mit, was und wen du willst! Wir haben Platz! Jede Menge Platz.« Er wirkte wie jemand, der bereit ist, auf alles einzugehen.

Schön, aber dann war da immer noch die Frage, wie er selbst und die beiden Tiere nach Holland kommen sollten …

Dreißig Minuten später stand ein großer Volvo-Kombi vor der Tür, mit »Autohaus Branitzki« beschriftet und mit einem grinsenden Fahrer im Mechaniker-Overall, der sich offensichtlich freute, mal aus der Werkstatt herauszukommen.

Digger und Agathe wurden hinten verstaut, das Gepäck mit Näpfen und allem kam in die Mitte, Pascal nach vorn, noch ein kurzes Winken, und sie waren unterwegs ans Meer.

»Paco! Digger! Agathe! Paco! Wo kommt ihr denn her?!«

Claire stand, ein Eis in der Hand, ihr Skateboard unterm Arm, einen Ausdruck verwunderter Begeisterung im Gesicht, baff mitten auf dem Gehweg. Aber nicht lange. Nur für die paar Sekündchen, die Digger und Agathe brauchten, bis zu ihr zu sprinten und sie aus vollem Lauf von den Beinen zu holen. Beide waren schon immer vollkommen vernarrt in Claire. Und umgekehrt.

Claire lachte und schrie wie am Spieß und lachte noch mehr, während sie abgeschlappt und angestupst und noch mal abgeschlappt und dann auch noch unverschämterweise um ihr Eis beraubt wurde.

Pascal half ihr auf, und sie lachte noch immer.

»Mann, das ist ja toll«, keuchte sie und wischte sich mit ihrem T-Shirt die Spucke aus dem Gesicht. »Doch sag mal, wo kommt ihr her? Ist das Zufall?«

Pascal sah sich um, wie man sich umsieht, wenn man sich vergewissern will, keine Mithörer zu haben. Er konnte unbesorgt sein. Nur bunt gekleidete und mit sich selbst beschäftigte Touristen, so weit das Auge reichte.

»Na ja«, begann er. »Ich darf es dir eigentlich nicht sagen, aber dein Vater hat mich angerufen. Und mir einen Porsche versprochen, wenn ich herkomme.«

»Hey, geil! Damit können wir dann beide herumrasen!«

Claire war offenbar nicht im Mindesten verwundert über das seltsame Verhalten ihres Vaters.

Pascal schon. »Was ich mich ein bisschen frage«, sagte er, »ist, warum er das macht.«

»Ach, nun.« Claire zog einen Flunsch von der Sorte, die einerseits voller Trotz ist, andererseits aber auch nicht ganz frei von Schuldbewusstsein.

»Hier ist es doof«, stellte sie bockig fest. »Die anderen Kids hier sind alle blöd. Kein Mensch skatet. Das Meer ist den meisten zu kalt. Die Jungs daddeln den ganzen Tag, und die Mädels gucken MTV oder spielen mit Puppen oder machen sonst was Ödes. Also hab ich mich gelangweilt. Und war, glaube ich, für meine Alten wohl ein bisschen ...«, sie verdrehte theatralisch die Augen, »na ja, anstrengend, wenn du verstehst, was ich meine.«

Pascal dachte an Herrn Branitzkis zitternde Telefonstimme und die Ringe unter seinen Augen bei der Ankunft vorhin und nickte. Anstrengend. Er verstand.

»Aber jetzt seid ihr ja da! Super! Sag, wie sind die Ferien bisher bei dir gelaufen? Nein, warte! Sag mir lieber erst mal: Was hast du denn da am Hals?«

Der verdammte Stempel war immer noch nicht ganz abgeheilt. Gründliche Arbeit, Fräulein Lukrezia.

»Ein Würgemal«, antwortete Pascal, und Claire lachte ungläubig. Dann wurde sie plötzlich ernst. Stemmte die Fäuste in die Seiten, legte den Kopf schief und sah ihn unter gerunzelten Brauen hervor direkt und kritisch an.

»Dir ist doch wohl bewusst«, fragte sie streng, »dass du eines schönen Tages mein süßer Butzi sein wirst?«

Ihr *was*?, dachte Pascal.

»Können wir uns auf ›eines schönen, fernen Tages‹ einigen?«, verbesserte er sie dann vorsichtig.

»Ja klar!« Claire lachte wieder und boxte ihn auf den Arm. »Wir wollen uns doch mit diesem Blödsinn nicht unsere Kindheit versauen, oder?«

Pascal schüttelte ernsthaft den Kopf. Aber echt nicht.

»Los, komm mit!«, forderte sie dann unvermittelt und warf ihr Board zu Boden. »Total platte Gegend hier, aber dahinten an der Kirche gibt's 'ne Treppe! Mit elf Stufen! Und einem Geländer in der Mitte! Einfach ideal zum Boardsliden!«

Hoppla. Elf Stufen, das war ganz schön hoch, um auf dem Skateboard einen Handlauf hinabzuschießen. Doch Claire war schon mit Vollgas unterwegs, links und rechts mit wehenden Ohren und voller Begeisterung begleitet von Dogge und Schwein.

»Na komm schon!«, rief sie über die Schulter zurück. »Wer sich zuerst den Hals bricht, hat gewonnen!«

In dem Augenblick wurde Pascal klar, dass Claire Branitzky ganz sicher auch in ein paar Jahren noch reichlich wild sein dürfte. Ein Gedanke, der ihn von innen am Bauch kitzelte, bis er laut auflachen musste.

Dann kickte er sein Board an, rannte los, sprang drauf und jagte den dreien hinterher.

ENDE

Bibliografische Information der Deutschen Nationalbibliothek
Die Deutsche Nationalbibliothek verzeichnet diese Publikation in der Deutschen Nationalbibliografie; detaillierte bibliografische Daten sind im Internet über *http://dnb.d-nb.de* abrufbar.

Umschlagillustration von Papan
Druck und Bindung: Ebner & Spiegel, Ulm
Printed in Germany

www.gerstenberg-verlag.de

ISBN 978-3-8369-5195-1

08 09 10 11 12 5 4 3 2 1